Chère lectrice,

Savez-vous pourquoi la Saint-Valentin est la fête des amoureux ? Parce que, dans l'Antiquité, les Romains célébraient ce jour-là l'amour d'une bien curieuse manière : les jeunes filles inscrivaient leur nom sur un papier qui était placé dans une urne, et les jeunes gens tiraient au sort celle qui allait devenir leur promise. Evidemment, le sort désignait parfois des couples inattendus !

Mais à mieux y réfléchir, les choses ont-elles vraiment changé aujourd'hui ? Car, bien souvent, les flèches de Cupidon réunissent ceux qui s'y attendent le moins. C'est ce que vous découvrirez dans *Un troublant inconnu* (N° 1401), dont l'héroïne, Cassie Edwards, tombe sous le charme d'un séduisant inconnu qui se révèle vite être son pire ennemi. Pourtant, là encore, vous verrez que la passion peut dépasser bien des obstacles.

Alors, chère lectrice, ce mois-ci encore, laissez-vous porter par l'amour et ses surprises !

Bonne lecture,

La Responsable de collection

Un troublant inconnu

MARGARET ALLISON

Un troublant inconnu

Collection *Passion*

editionsHarlequin

Cet ouvrage a été publié en langue anglaise
sous le titre :
A SINGLE DEMAND

Traduction française de
SOPHIE PERTUS

HARLEQUIN®

est une marque déposée du Groupe Harlequin
et Passion® est une marque déposée d'Harlequin S.A.

Originally published by SILHOUETTE BOOKS,
division of Harlequin Enterprises Ltd.
Toronto, Canada

Toute représentation ou reproduction, par quelque procédé que ce soit, constituerait
une contrefaçon sanctionnée par les articles 425 et suivants du Code pénal.
© 2005, Cheryl Guttridge Klam. © 2006, Traduction française : Harlequin S.A.
83-85, boulevard Vincent-Auriol, 75013 PARIS — Tél. : 01 42 16 63 63
Service Lectrices — Tél. : 01 45 82 47 47
ISBN 2-280-08431-7 — ISSN 0993-443X

1.

Les pieds enfoncés dans le sable, Cassie Edwards sirotait sa *piña colada* en observant l'homme qui servait des verres au bar. Grand, l'allure royale, il lui rappelait un peu le prince charmant de Cendrillon avec ses cheveux presque noirs et ses yeux bordés de fines rides d'expression. Sous sa chemise de lin rentrée dans un jean délavé, on devinait un physique d'athlète.

Ils n'avaient pas échangé un mot ; pourtant, elle sentait entre eux un étrange lien, une force magnétique qui attirait irrésistiblement son regard. Elle s'imagina avec lui. C'était plus fort qu'elle. Comment serait-ce de le toucher, de l'embrasser, de lui appartenir ?

Allons ! que lui arrivait-il ?

Elle promena un regard circulaire autour du restaurant de plein air. Situé sur la plage, il était éclairé de petites lumières blanches et les serveurs et serveuses portaient des chemises hawaïennes. C'était le décor romantique par excellence. D'ailleurs, elle était entourée de couples qui se tenaient par la main, s'embrassaient, se câlinaient. L'atmosphère aurait suffi à rendre d'humeur sentimentale le plus cynique d'entre les cyniques.

Cassie se sentit douloureusement seule. Décidément, songea-t-elle, les Bahamas n'étaient pas l'endroit où soigner un cœur brisé.

Sauf qu'elle ne pouvait pas s'autoriser à penser à son ex-fiancé pour l'instant. Ni à se livrer à un flirt, fût-il inoffensif. Elle n'était pas venue ici chercher l'amour.

Elle était venue voir Hunter Axon, l'un des requins de la finance les plus impitoyables de la planète.

Drôle de mission pour une femme qui n'avait jamais connu d'autre milieu que celui de l'entreprise artisanale de tissage dans laquelle elle travaillait ! songea-t-elle avec ironie.

— Puis-je vous apporter une autre *piña colada* ?

Elle leva les yeux. Un petit frisson courut le long de sa colonne vertébrale quand elle reconnut le barman qu'elle admirait tout à l'heure. Quand elle plongea le regard dans ses yeux bruns insondables, elle eut l'impression que le reste du monde s'estompait, jusqu'à disparaître. Que faisait-il à sa table ? Ce n'était pas lui, son serveur. Elle secoua la tête.

— Non, fit-elle. Non, merci.

Il hésita un instant avant de désigner son appareil photo d'un mouvement de tête.

— Vous avez pris beaucoup de photos ? s'enquit-il.

Il flirtait avec elle.

Hélas, Cassie ne savait pas très bien flirter. Elle n'en avait jamais tellement eu l'occasion. Sa famille et celle d'Oliver avaient décidé qu'ils étaient faits l'un pour l'autre depuis leur naissance à deux jours d'intervalle dans le même hôpital. Quand elle avait grandi, tous les garçons de Shanville, dans l'Etat de New York, savaient qu'elle était la petite amie d'Oliver Demion — et qu'il ne fallait pas s'intéresser à elle.

La nervosité l'envahit. Comment faisait-on ?

— Non, marmonna-t-elle. Enfin, si, se reprit-elle.

L'homme sourit.

— Vous êtes allée sur les récifs de corail ?

Elle fit non de la tête.

— Je n'ai pas eu le temps, expliqua-t-elle. Je n'ai pris que des photos de la plage. Je préfère les photos abstraites, celles qui capturent l'essence des choses plutôt que la réalité. Vous voyez ce que je veux dire ? L'éclat, mais pas forcément le… la… hm…

Le ou la quoi ? Voilà qu'elle parlait comme le professeur Tournesol ?

— Dites donc, observa-t-il, vous prenez la photo très au sérieux.

— Non, protesta-t-elle en riant. Enfin plus maintenant. J'ai fait les beaux-arts, mais j'ai abandonné avant de passer mon diplôme.

« Parce que ma grand-mère est tombée malade et que j'ai dû rentrer m'occuper d'elle, eut-elle envie d'ajouter. Alors je suis allée travailler à l'usine qui appartenait à mon fiancé et il m'a plaquée juste avant de vendre l'entreprise qui employait presque toute la ville. Voilà. Vous ne regrettez pas de m'avoir posé la question ? »

Bien entendu, elle garda ces détails pour elle.

— Ce n'est plus qu'un hobby, maintenant, conclut-elle.

Il la regarda un moment sans rien dire. Elle eut l'impression qu'il la détaillait, qu'il la déshabillait presque du regard. Dieu, qu'il était beau ! Elle avala sa salive avec difficulté et détourna les yeux.

— Appelez-moi si vous voulez autre chose, finit-il par dire.

— Entendu, répondit-elle docilement.

Fallait-il qu'elle dise quelque chose ? Qu'elle l'invite à s'asseoir ? Non, cela ne se faisait pas. Si ?

Après tout, se rappela-t-elle pour la énième fois, elle n'était plus fiancée.

Ce qui ne l'empêchait pas de se sentir coupable — non pas à cause de son ancienne relation, mais bien de la raison qui l'avait conduite dans ce paradis exotique.

Elle jeta un nouveau coup d'œil au barman. Comment pourrait-elle s'amuser, sachant dans quelle détresse ses amis allaient bientôt se retrouver ? Comment pourrait-elle se détendre quand elle savait qu'il allait lui falloir rentrer à Shanville et décevoir tout le monde ?

Comment s'était-elle fourrée dans cette pénible situation ?

Jusqu'à il y a quelques mois, elle avait cru parfaitement savoir qui elle était et où elle allait. Elle était fiancée. Elle avait un emploi qu'elle aimait. Elle appartenait à une communauté et une ville qu'elle adorait. Mais la vie lui avait joué un tour. En moins de temps qu'il n'en faut pour le dire, tout avait changé.

Rétrospectivement, elle se rendait compte qu'elle n'aurait pas dû s'étonner qu'Oliver rompe leurs fiançailles. Leur relation était rongée par les problèmes depuis qu'il avait pris le contrôle de l'usine. D'ailleurs, elle aurait rompu des années plus tôt si elle n'avait craint de faire de la peine à sa grand-mère fragilisée par la maladie. Car c'était le souhait de sa grand-mère de les voir se marier. Sa grand-mère qui disait que leurs fiançailles étaient le rayon de soleil de sa vie.

En réalité, ce mariage avec Olivier aurait été une erreur. Non qu'elle ne l'aimât pas. Elle avait pour ainsi dire été élevée avec lui. Ils allaient à l'école ensemble et passaient tous leurs étés à travailler côte à côte au tissage. Mais quand Oliver avait pris la direction de l'usine, il avait changé. Il s'était, peu à peu, laissé obséder par l'argent. Et elle s'était rendu compte qu'il avait de grands rêves. Des rêves dont posséder une petite entreprise de tissage ne faisait pas partie.

Tout était devenu clair. Oliver était beau parleur, mais comme disait sa grand-mère, les actes en disaient plus long que les paroles. Et les actes d'Oliver prouvaient qu'il n'avait pas envie d'épouser une petite provinciale qui mettait tout son art à tisser des pièces délicates dans l'usine textile de sa famille, qu'il ne serait jamais heureux à Shanville. Son destin était de chercher l'amour et la fortune ailleurs.

Mais quelque évidents qu'aient été les sentiments d'Oliver à son égard, Cassie n'aurait jamais deviné à quel point il méprisait Shanville. Et encore moins que sa ville chérie serait un jour détruite par lui, l'un de ses enfants.

Pourtant, c'était exactement ce qui s'était produit. Oliver avait si mal géré l'usine qu'il l'avait conduite au bord de la faillite. Pire, quand elle croyait que les choses ne pouvaient pas aller plus mal, il avait trahi Shanville et les gens qui l'aimaient. Il avait annoncé qu'il vendait le tissage — le pilier de la communauté, l'employeur de générations d'habitants de la petite ville — à Hunter Axon.

Hunter Axon. Un *raider* qui avait fait fortune en profitant du malheur des autres. Il était connu pour reprendre de petites entreprises, licencier les employés, fermer les usines et délocaliser la production.

La vente avait pris tout le monde par surprise, même Cassie. Comment Oliver s'était-il débrouillé ? Comment avait-il convaincu Hunter Axon d'acheter une petite usine textile qui n'avait pas fait de bénéfices depuis des années ?

Après quelques recherches, elle avait fini par trouver la réponse. *Bodyguard.*

Oliver était tombé sur le brevet détenu par l'usine pour *Bodyguard*, une matière légère et absorbante. Une matière qui, avait-il compris, serait idéale pour faire des vêtements de sport. Mais au lieu de se servir du brevet pour redresser l'entreprise et réaliser les transformations qui s'imposaient, il avait décidé d'être gourmand.

Cassie avait tenté de le convaincre de garder le tissage et de ne vendre que le brevet. Il avait refusé. La vente de l'ensemble était déjà signée.

Elle n'avait donc pas eu le choix. Il fallait qu'elle essaie de rencontrer Hunter Axon. Elle était convaincue que la production du tissu breveté pourrait remettre l'usine à flot.

Elle avait donc vidé son maigre compte en banque et pris le premier avion pour les Bahamas dans l'espoir de lui parler. Sauf que sa mission s'était révélée plus difficile qu'il n'y paraissait. A son bureau, la réceptionniste lui avait refusé un entretien avec son patron. Désespérée, elle était allée chez lui où elle n'avait pas été reçue non plus. Bref, depuis deux jours qu'elle était aux Bahamas, elle ne l'avait pas même aperçu.

Maintenant, à la veille de son départ, force lui était de l'admettre : elle avait échoué. L'usine Demion Mills était condamnée à devenir un autre entrepôt désert, et ses beaux métiers à tisser anciens à être envoyés dans un musée ou démontés pour fournir des pièces détachées.

Elle prit sa note. Vingt-quatre dollars. Vingt de plus que ce qu'elle aurait dû dépenser, car il ne lui restait plus que trente dollars et elle devait encore payer le taxi qui la conduirait à l'aéroport le lendemain matin. Elle savait qu'elle n'aurait pas dû craquer pour des *piña colada* à huit dollars mais elle n'avait pas pu se retenir. Elle se tourna vers l'eau turquoise et reposa la note. Un vent très doux faisait se balancer les gracieux palmiers qui bordaient la plage. Allez, se dit-elle, peut-être pouvait-elle se permettre de rester encore un peu. Rien que quelques minutes.

Elle prit son verre vide et fit glisser un glaçon à moitié fondu dans sa bouche. Puis elle s'appuya de nouveau au dossier de son siège pour contempler le soleil rouge feu qui descendait dans l'Atlantique.

— Je peux vous offrir un verre ? demanda une voix masculine.

Elle sursauta. Hélas, ce n'était pas son beau barman mais un homme blond corpulent avec un coup de soleil qui soulignait la forme de ses lunettes de soleil et lui donnait l'air d'un raton laveur écarlate.

— Non, merci. J'allais partir.

— Qu'est-ce qu'une belle fille comme vous fait toute seule ?

— Pardon ?

— Vous voulez que je vous dise ? C'est un crime. Mais j'ai une bonne nouvelle à vous annoncer : vous n'allez plus être seule.

Il se tourna vers un groupe d'hommes assis au bar et leva le pouce comme pour leur dire qu'il était en bonne voie. En riant, ils lui firent des signes d'encouragement.

— Si vous voulez bien m'excuser, il faut que j'y aille.

— Oh, allez, protesta-t-il. Laissez-nous vous offrir un autre verre.

— Non, merci.

Elle ouvrit son portefeuille ; avant qu'elle puisse l'en empêcher, il lui prit son permis de conduire.

— « Mademoiselle Edwards, lut-il. 345 Hickamore Street, Shanville, Etat de New York. »

— Rendez-le-moi, s'il vous plaît.

— Vous êtes bien loin de chez vous.

— Je vous ai demandé de me rendre ça, répéta-t-elle en se levant et en regardant autour d'elle.

La musique était plus forte que tout à l'heure. Il y avait bien plusieurs couples aux tables autour d'elle, mais ils semblaient trop occupés à s'embrasser et à se regarder les yeux dans les yeux pour prendre garde à la scène.

L'homme leva le permis à bout de bras et jeta un coup d'œil à ses amis au bar. Ils ricanaient de plus belle.

— Pour un baiser, dit-il.

Sans crier gare, il la prit par la taille.

— Un baiser.

— Il y a un problème ? demanda une voix masculine derrière elle.

L'homme laissa retomber ses mains. Cassie se retourna et se trouva face à son beau barman.

— Non, aucun, assura l'homme.

Le barman croisa ses bras musclés sur sa poitrine. D'une stature intimidante, il dégageait une autorité naturelle.

— La dame a fait tomber ses papiers, c'est tout, expliqua l'homme en jetant le permis de Cassie sur la table.

Il lança un regard nerveux en direction de ses amis. Ceux-ci étaient toujours au bar, mais, le nez dans leur verre, faisaient comme s'ils ne s'étaient aperçus de rien.

Les yeux du barman lançaient des éclairs. Il fit un pas de plus vers l'homme.

— Je veux que vous fichiez le camp d'ici tout de suite, déclara-t-il d'une voix menaçante. Je préfère éviter une scène ; cependant, précisa-t-il en décroisant les bras, si c'est nécessaire…

Il n'avait pas fini sa phrase que l'homme lui décochait un coup de poing. Mais le barman fut plus rapide. Comme un homme habitué à se battre, il pivota pour esquiver le coup, puis souleva son adversaire par le revers de sa veste.

— Je ne vous le demanderai pas une seconde fois, prévint-il.

— D'accord, concéda l'autre en levant les deux mains en signe de reddition. Je laisse tomber.

Le barman le reposa sur ses pieds. L'homme regarda vers le bar. Ses amis avaient disparu.

— Tu parles de vacances, grommela-t-il avant de s'éloigner en titubant.

De nouveau, Cassie sentit les yeux du barman sur elle.

— Ça va ? lui demanda-t-il doucement.

— Oui, assura-t-elle.

Son appareil photo était posé sur la table, sans son bouchon d'objectif. Elle regarda le barman. Malgré l'empoignade, elle ne pouvait penser qu'à ses yeux bruns si profonds. Elle n'avait jamais vu un regard aussi intense.

— Si vous voulez appeler quelqu'un, le téléphone du bar est à votre disposition.

— Appeler quelqu'un ?

— Pour venir vous chercher. Vous ramener chez vous.

— Non.

— Très bien, fit-il. Dans ce cas, je vous appelle un taxi.

— Non, je ne suis pas loin, répondit-elle en se rappelant qu'elle n'avait presque plus d'argent. Je vais rentrer à pied.

En réalité, son hôtel était plutôt loin. Après ses tentatives infructueuses pour rencontrer Axon, elle était rentrée à son motel, un bâtiment triste assez éloigné de la plage. Cependant, elle ne se voyait pas passer sa dernière soirée aux Bahamas cloîtrée dans une petite chambre sombre. Elle était donc allée se promener sur la plage, s'arrêtant pour photographier tout ce qui lui plaisait : une femme en train de se tresser les cheveux, un vieil homme qui vendait des colliers de coquillages, un petit enfant qui jouait dans les vagues.

A combien de temps était-elle du motel ? se demanda-t-elle. Une demi-heure ? Une heure ?

Elle fut tirée de ses pensées par des cris sur la plage. Au loin, elle vit l'homme qui l'avait abordée. Il avait rejoint ses amis avec lesquels il sautait et criait en faisant des gestes obscènes à un groupe de femmes.

— Je vais vous raccompagner, déclara le barman.

Elle se tourna vers lui. Il regardait les hommes.

— Où habitez-vous ? s'enquit-il.

Elle hésita. Elle ne pouvait pas lui dire où elle était descendue. Et elle ne voulait pas qu'il la raccompagne. Elle ne le connaissait pas. Si, il y a quelques minutes, elle rêvait de séduction, la vérité c'était qu'elle n'en restait pas moins Cassie Edwards, parangon de vertu, vierge de vingt-trois ans. La fiancée d'Oliver Demion.

Son *ex*-fiancée, plutôt.

— Merci de votre aide, mais ça va aller, affirma-t-elle.

Non, elle ne pouvait pas le laisser la raccompagner. Cependant, il y avait une chose qu'elle désirait de lui.

Il la regardait sans mot dire.

Elle prit son appareil photo.

— Cela vous ennuierait, si…

Elle hésita.

— Si quoi ? l'encouragea-t-il.

— Si je vous prenais en photo ?

Il la regarda comme si c'était la première fois qu'on lui demandait une chose pareille.

— Ce ne sera pas long, promit-elle.

— O.K., fit-il en restant immobile.

Elle le regarda dans le viseur et fit le point. Il fixait l'objectif de face, avec une intensité qui n'excluait pas un certain amusement.

Elle appuya sur le déclencheur et sourit.

— Super, fit-elle. Merci.

— Pas de problème, répondit-il en haussant les épaules.

Allait-il rester là sans bouger jusqu'à ce qu'elle parte ? Elle ouvrit son portefeuille et sortit de l'argent qu'elle posa sur la table.

— Comme je vous le disais, je suis une mordue de photo. Depuis que j'ai eu mon premier appareil, je…

Mais elle parlait au vent. Il n'était plus là.

Elle balaya le bar d'un regard circulaire. Rien. C'était comme s'il s'était volatilisé. Elle soupira. Elle avait eu une chance, et elle l'avait gâchée.

Après un dernier coup d'œil au bar, elle décida de partir. Presque aussitôt, elle s'arrêta. Son barman était à moins de quinze mètres. Adossé à un palmier, les mains dans les poches, il regardait l'eau.

Fallait-il qu'elle presse le pas et fasse comme si elle ne l'avait pas vu ? se demanda-t-elle, nerveuse. Ou fallait-il qu'elle aille vers lui et tente d'entamer la conversation ?

Il se retourna et lui sourit, presque comme s'il l'attendait.

— Par où allez-vous ? lui demanda-t-il.

Il y avait quelque chose dans la douceur de son demi-sourire qui fit battre le cœur de Cassie plus vite.

— Par-là, répondit-elle en faisant un signe vers la gauche.

— Moi aussi. Cela vous ennuie que je vous accompagne un peu ?

— Bien sûr, dit-elle en riant nerveusement.

Il s'arrêta.

— Cela vous ennuie, ou cela ne vous ennuie pas ?

— Cela ne m'ennuie pas, répondit-elle précipitamment.

Il sourit. Puis ils se remirent à marcher.

Etait-ce une coïncidence ? Elle espérait presque que non. Elle l'observa du coin de l'œil. Quand elle s'aperçut qu'il la regardait, elle rougit et détourna les yeux. Elle se rendit compte qu'elle ignorait son nom et qu'il ne connaissait pas non plus le sien. Etrangement, cela ne semblait pas avoir d'importance. Elle était heureuse d'échapper à sa vie, à son identité, ne fut-ce que pour un temps.

— Vous êtes aux Bahamas pour affaires, ou pour le plaisir ? voulut-il savoir.

— Pour affaires.

16

— Que faites-vous ?

Elle hésita.

— Je suis…, commença-t-elle avant de s'interrompre.

Elle ne voulait pas parler du tissage. Pas ce soir, dans ce lieu magique et si beau. Ce soir, elle était Cendrillon au bal.

— Vous n'êtes pas obligée de me le dire.

— Je suis venue pour une réunion.

— Une réunion ? Voilà qui est bien mystérieux.

— Je vous assure que non, corrigea-t-elle en souriant. Alors, enchaîna-t-elle pour changer de sujet, j'ai vu que vous travailliez au bar. Depuis combien de temps vivez-vous ici ?

— Une dizaine d'années. Il faut que je passe jeter un coup d'œil sur un bateau, dit-il en s'arrêtant devant une petite marina. Si vous n'êtes pas pressée, cela vous dirait peut-être de m'accompagner.

Une fois de plus, elle se surprit à hésiter. Une partie d'elle-même ne souhaitait rien tant que passer le plus de temps possible avec lui tandis que l'autre lui soufflait qu'elle ferait mieux de partir pendant qu'il lui restait encore un peu de raison.

— En réalité, je vous ai menti, précisa-t-il. Je n'ai pas l'intention de vous laisser rentrer seule. Il est dangereux pour une femme de marcher sur la plage le soir.

Elle regarda au loin. Elle entendait des voix d'hommes. S'agissait-il de l'homme à tête de raton laveur et ses amis ?

Prendre le risque de rentrer seule par la plage était assurément hasardeux ; mais accepter l'invitation d'un inconnu sur un bateau ne l'était-il pas tout autant ?

En même temps, était-elle vraiment prête à lui dire au revoir ? De toute façon, elle n'avait pas vraiment le choix. Car il ne semblait guère prêt à se laisser congédier.

— Merci, dit-elle donc.

Elle le suivit sur le ponton. A mesure qu'ils avançaient, les bateaux semblaient de plus en plus grands. Il finit par s'arrêter devant le plus grand de tous.

— Le voilà, annonça-t-il.

Il embarqua et lui tendit la main pour l'aider à monter. Une fois à bord, elle regarda autour d'elle.

Tout, dans le bateau était impressionnant, et pas seulement sa taille. Rutilant jusque dans ses moindres recoins, il semblait neuf. De sa coque d'acajou aux superbes chaises de pont garnies de coussins, il respirait le luxe et la richesse.

C'était le genre de bateau sur lequel on s'attendait à voir apparaître à tout instant un maître d'hôtel en smoking. Le genre de bateau qui n'allait pas sans équipage.

— Quelqu'un possède vraiment cette merveille ?

— Eh oui, confirma-t-il en hochant la tête et en souriant.

— Vous faites partie de l'équipage ?

— Quand il le faut, répondit-il après un instant d'hésitation.

— Ce ne doit pas être un métier désagréable.

Pour la première fois depuis qu'ils avaient quitté le bar, il rit.

— C'est mieux que de rester assis derrière un bureau.

— Où sont les autres ?

— Il n'y a qu'un seul marin qui vit vraiment à bord, et cette semaine, il est allé voir sa mère dans l'Ohio.

—Le propriétaire n'habite pas à bord, donc.

— Non, répondit-il avec de nouveau ce demi-sourire.

— Je peux jeter un œil ?

— Je vais vous faire faire une visite guidée.

Elle le suivit à l'intérieur. Plus somptueuses les unes que les autres, les cabines semblaient sorties des pages d'une revue de décoration. Sur le seuil de l'une d'elles, elle s'immobilisa un instant avant de s'approcher des rideaux dont elle palpa le tissu.

— De la soie jacquard…, fit-elle sans se rendre compte qu'elle parlait tout haut.

— Quoi ?

— Cette étoffe est tissée à la main, expliqua-t-elle. Elle coûte très cher.

18

— Comment le savez-vous ?

Elle rougit. Comment elle le savait ? Parce qu'elle avait passé des heures sur un métier à la fabriquer.

— Je l'ai photographiée, expliqua-t-elle en passant les mains sur la lourde soie. Sa texture est merveilleuse.

— Vous êtes une photographe professionnelle, alors ?

— Non, plus maintenant.

— Plus maintenant ?

— Enfant, adolescente, je pensais vouloir devenir photographe. Je prenais des photos de tout et de tout le monde.

— Ça a l'air très intéressant…

Elle fit oui de la tête.

— J'ai fait des études d'art.

— Mais ?

— Mais la vie s'en est mêlée. Ma grand-mère est tombée malade et j'ai dû rentrer.

— Vous n'êtes pas retournée à l'université ?

— Non. Elle avait besoin de moi. Ensuite, quand elle est… Enfin, les choses ont changé.

— C'est dommage.

— Non, affirma-t-elle. Je suis contente de ma vie et du chemin que j'ai suivi. Ce n'est peut-être pas celui que j'aurais cru que je choisirais, mais je ne regrette rien. De toute façon, conclut-elle en lui souriant, je ne crois pas à l'utilité des regrets. Et vous ?

— Si je crois à l'utilité des regrets ?

Il secoua la tête avant de répondre, en souriant à son tour :

— Pas ce soir, en tout cas.

Pas ce soir ? En réfléchissant au sens de sa réponse, elle le suivit de nouveau dans le carré et sur le pont.

— Voilà, dit-il une fois dehors en se retournant vers elle.

— Quoi ? fit-elle, taquine. Pas de salle de bal ni de piscine ?

— Désolé, mais non.

— Tant pis. Ça ira quand même.

Son sourire s'effaça. L'espace d'un instant, elle crut l'avoir froissé. Il devait pourtant avoir compris qu'elle plaisantait, non ?

— Vous êtes pressée ? lui demanda-t-il.

Elle secoua la tête négativement.

— Vous voulez vous asseoir ? proposa-t-il en désignant les chaises de pont. Je vais nous chercher un verre.

— Vous êtes sûr que cela ne pose pas de problème ?

— Absolument, assura-t-il en souriant de nouveau. Du champagne, ça vous dit ?

Elle hocha la tête.

Quelques instant splus tard, il revint chargé d'une bouteille et de deux flûtes qu'il emplit avant de lui en tendre une.

— A vous, dit-il en levant son verre.

Elle but une gorgée et s'appuya au dossier de son siège en respirant l'air doux chargé d'embruns.

— C'est divin, dit-elle. Je regrette presque de devoir rentrer chez moi demain.

— Où habitez-vous ?

— Dans l'Etat de New York.

— C'est là que vit votre famille ?

— C'est là qu'elle vivait, rectifia-t-elle. J'ai perdu mes parents quand j'étais petite. Ce sont mes grands-parents qui m'ont élevée. Mon grand-père est mort il y a une dizaine d'années et ma grand-mère... il y a quelques mois, conclut-elle après une hésitation.

— Je suis désolé, fit-il avec dans le regard une tendresse qui la fit presque pleurer. Cela a dû être dur, pour vous.

— Oui, reconnut-elle.

Elle fut soudain tentée de lui raconter toute l'histoire, mais elle se retint. Elle n'avait pas envie de parler d'Oliver, ni de l'usine, ni de cet épouvantable Hunter Axon. Elle préférait oublier tout cela, ne fût-ce que pour ce soir. Elle se tut et se concentra sur son verre.

— Vous n'êtes pas mariée.

— J'ai failli l'être.

— Failli ? répéta-t-il en la resservant.

Zut ! elle ne pouvait pas s'en empêcher. Pourquoi fallait-il qu'elle évoque ses fiançailles rompues ? N'avait-elle donc rien d'heureux ni de drôle à raconter ?

— J'étais fiancée, précisa-t-elle, mais ça n'a pas marché.

— C'est donc aussi pour cela…

— Pour cela que quoi ?

— Que vous aviez l'air si triste, tout à l'heure.

— Tout à l'heure ?

— Je vous ai observée.

Alors…, il s'intéressait à elle ?

— Vous m'avez observée ? répéta-t-elle encore.

Il confirma d'un hochement de tête.

— Vous sembliez au bord des larmes.

Non, il ne s'intéressait pas à elle. C'était un gentil garçon et il la plaignait. Or la pitié n'était pas un bon signe avant-coureur du désir. Elle secoua la tête.

— Je pensais peut-être à ma grand-mère, expliqua-t-elle, mais pas à *lui*. Pas de cette façon, en tout cas.

— Je suis désolé, dit-il.

— Ne dites pas cela, je vous en supplie. Je commence à me sentir pitoyable. Alors que je m'en suis remise. Je vous assure. Je pense que rien n'arrive sans raison.

— Je suis d'accord. N'empêche qu'il n'est jamais facile de dire adieu à quelqu'un à qui l'on a tenu.

Elle soupira.

— C'est vrai. Sauf, quand ce quelqu'un fait des choses qui nous aident à se détacher de lui.

— Par exemple ?

— Par exemple, vous quitter pour quelqu'un d'autre.

Zut ! Voilà qu'elle recommençait. Elle ne pouvait pas se taire un peu ?

Non. L'alcool mais surtout l'anonymat lui déliaient la langue. La possibilité de parler à quelqu'un qu'elle ne reverrait jamais. Quelqu'un qui ne connaissait rien d'elle, ni d'Oliver, ni de sa situation.

— Il vous a quittée pour une autre femme ? s'enquit-il en la fixant du regard.

Elle acquiesça, silencieuse. La rivale en question s'appelait Willa Forche. Elle avait une dizaine d'années de plus qu'Oliver. C'était la vice-présidente d'Axon Enterprises. Cassie l'avait rencontrée à plusieurs reprises et la trouvait aussi méchante que vindicative. Quoi qu'il en soit, Oliver avait avoué qu'ils étaient ensemble depuis des mois. Il lui avait même dit qu'il était amoureux pour la première fois de sa vie.

Sur l'instant, elle s'était senti anéantie.

Cependant, Cassie ne s'était pas longtemps apitoyée sur son sort. Sa colère contre l'usine et contre elle-même pour n'avoir pas arrêté Oliver plus tôt consumait toute son énergie.

— Je suis déso…, commença-t-il.

Elle lui posa un doigt sur les lèvres pour le faire taire.

— Ne dites pas cela. S'il vous plaît.

Il prit son doigt pour l'écarter mais au lieu de le lâcher, il se mit à le caresser, très doucement. Quoique tout simple et tendre, ce geste lui coupa le souffle. C'était plus sensuel encore qu'un baiser. Et tellement intime. Qu'est-ce qui se passait ? Ils ne se connaissaient même pas.

— Et vous, demanda-t-elle d'un ton le plus détaché possible. Vous êtes marié ? Vous avez une petite amie ?

Il secoua la tête.

— Ni l'un ni l'autre. Je travaille trop.

Il avait le regard aussi doux qu'une caresse. Il lui effleurait toujours le doigt comme s'il attisait une petite flamme. Elle avala sa salive avant de remarquer :

— Vous devez rencontrer des dizaines de femmes, au bar. Il y avait un monde fou, tout à l'heure.

— En général, je ne sors pas avec des femmes que je rencontre au bar.

— En général ?

— Il y a une exception à toute règle.

Une lueur malicieuse scintillait dans son regard. Apparemment, l'exception, c'était elle. Cette idée suffit à la faire sourire.

— Vous avez faim ? demanda-t-il en lui lâchant le doigt. Vous n'avez rien mangé au bar.

Exact. Elle avait dépensé l'argent destiné à son dîner en cocktails, ce qu'elle ne regrettait absolument pas. L'important, raisonna-t-elle, c'était de cerner ses priorités.

— Un petit peu, reconnut-elle.

— Allons voir ce qu'il y a dans la cuisine.

Elle le suivit dans l'habitacle spacieux, impeccable et équipée d'appareils dernier cri.

— Joli lave-vaisselle, remarqua-t-elle.

— Oh, merci, repartit-il avec une sincérité feinte. C'est la première fois qu'on me fait ce compliment.

— Le mien vient de rendre l'âme, expliqua-t-elle, alors j'y suis particulièrement sensible en ce moment.

En réalité, plus rien ne marchait, chez elle, et la panne du lave-vaisselle avait succédé à celle de la cuisinière et de la machine à laver.

— Où sont les propriétaires de ce lave-vaisselle ? voulut-elle savoir.

Il la regarda et hésita un instant avant de répondre :

— Devant vous.

— Quoi ?

— Ce bateau m'appartient.

Elle éclata de rire. Il était drôle, en plus. Intelligent et drôle — une délicieuse association.

— Alors vous devez souvent préparer des repas dans cette cuisine.

— Non. En général, c'est mon chef qui s'en charge.

Elle rit de plus belle. Depuis quand ne s'était-elle pas amusée à ce point ? Elle ne s'en souvenait même pas. Cela faisait longtemps qu'Oliver et elle n'avaient pas passé de bons moments ensemble. Pourtant, il n'en avait pas toujours été ainsi. Enfants, adolescents, ils étaient les meilleurs amis du monde et aimaient profondément la jolie ville dans laquelle ils habitaient. Ils faisaient du patin à glace l'hiver, pêchaient et se baignaient dans le ruisseau l'été.

Oliver l'avait demandée en mariage alors qu'ils étaient encore au lycée, et elle avait accepté. Mais lorsqu'ils étaient allés à l'université, Oliver avait changé. Subtilement, au début. Il ne se satisfaisait plus d'un dîner tranquille et d'une soirée à la maison. Seuls les restaurants les plus chers lui convenaient. Le garçon qui passait sa vie en jean et en T-shirt s'était mis à porter des costumes chic et à se faire faire des manucures. Il ne parlait plus que d'argent, de qui s'était vu proposer tel emploi et tel salaire, ou qui conduisait telle nouvelle voiture…

La grand-mère de Cassie l'avait toujours défendu.

— Il grandit, expliquait-elle. Tous les hommes passent par là.

Mais il y avait plus que cela, elle s'en rendait compte maintenant. En grandissant, ils s'étaient éloignés l'un de l'autre. Et ce n'était pas uniquement de la faute d'Oliver.

Elle tenait encore à lui, bien sûr. Elle tiendrait toujours à lui. Mais son amour pour lui était plus celui d'une sœur pour un frère que celui d'une amante. Jamais elle n'avait regretté que leur relation ne fût pas plus passionnée.

Un temps, elle avait remis en question leur décision de se marier. Mais Oliver avait été inflexible. Il l'avait persuadée qu'ils étaient faits l'un pour l'autre, qu'ils ne devaient pas renoncer à se marier.

Avec le recul, elle déchiffrait dans ses paroles un désir désespéré de se convaincre lui-même. Mais à l'époque, elle avait accepté de mettre leur projet à exécution. D'autant que sa grand-mère comptait dessus. Peut-être les choses s'arrangeraient-elles entre Oliver et elle après leur mariage, avait-elle songé. Elle se trompait. Et en rompant leurs fiançailles, malgré la brutalité dont il avait fait preuve, il lui avait rendu un fier service.

— Eh, fit le barman, vous revoilà triste ?

Il lui caressa la joue. C'était un geste intime, un geste d'amant.

Elle se tourna vers lui et tenta de déchiffrer son regard. Sans la quitter des yeux, il laissa ses doigts descendre sur sa joue. Cela faisait bien longtemps qu'un homme ne l'avait pas touchée comme cela. L'intimité de cette caresse suffit à faire remonter ses émotions à la surface. Non, s'enjoignit-elle, il ne fallait pas qu'elle pleure. Pas maintenant.

— C'est un idiot, déclara-t-il en croyant manifestement qu'elle regrettait son fiancé. Vous méritez mieux.

— Vous ne me connaissez même pas.

— Je suis ici avec vous en ce moment, fit-il valoir. C'est tout ce qui compte.

Il retira sa main mais continua de la considérer tendrement.

Comment pouvait-elle être triste quand le prince charmant en personne se tenait devant elle ? Il ne lui restait plus qu'une nuit avant que son carrosse redevienne citrouille.

— Alors, demanda-t-elle d'un ton jovial, que prépare votre chef, d'habitude, dans cette cuisine ?

Il haussa les épaules et ouvrit le réfrigérateur. Il contenait des bols de pâtes toutes prêtes, des grillades, des pommes de terre au four.

— Des choses que je peux réchauffer facilement, répondit-il.

— Vous entrez vraiment dans votre rôle de propriétaire, observat-elle. Vous êtes sûr que les vrais ne vont pas se mettre en colère si nous mangeons leur nourriture ?

Quand il se tourna vers elle, elle ajouta :

— Je ne veux pas que vous ayez des ennuis, c'est tout.

— Je vous le garantis.

— Vous me garantissez que vous allez avoir des ennuis, ou que vous n'en aurez pas ?

D'un geste très doux, il replaça une mèche des cheveux de Cassie derrière son oreille. Sentir ses doigts sur sa peau fit courir un nouveau frisson le long de sa colonne vertébrale.

— Nous parlons toujours du dîner ?

Elle avala sa salive.

Il sourit, lui fit un clin d'œil et se retourna pour faire réchauffer les plats.

Quand ce fut prêt, il disposa la nourriture dans deux plats de service qu'il aligna sur son bras comme un serveur professionnel.

Elle prit les assiettes et les couverts et le suivit jusqu'à la table qui faisait face à la mer. Il alluma des bougies.

Elle s'assit et se retourna vers le rivage. Les marinas étaient désertes, tout comme la plage. On eût dit qu'ils étaient seuls au monde.

— Où sont passés les gens ?

— C'est une marina privée.

Elle mangea une bouchée de pâtes. Elles étaient délicieuses. Soudain, elle se rendit compte qu'elle était affamée. Elle n'avait rien avalé depuis le petit déjeuner. Distraite par le dîner, elle ne se rendit pas compte immédiatement que son hôte touchait à peine à la nourriture. Quand elle leva la tête, il était appuyé au dossier de son siège et lui souriait. Il y avait chez lui quelque chose de princier.

— Je suis désolée, dit-elle.

— De quoi ?

— Je me tiens très mal. J'avais plus faim que je ne croyais.

— Vous vous tenez très bien, assura-t-il en lui resservant du champagne.

— D'où êtes-vous, à l'origine ? pensa-t-elle à demander.

— Je suis né dans le Maryland, mais mon père a perdu son emploi quand j'avais dix ans et nous nous sommes installés sur une petite île pas très loin d'ici.

— Ça semble paradisiaque.

— Cela peut l'être. Mais ce n'était pas le cas pendant mon enfance. Il n'est pas facile de gagner sa vie quand on est pêcheur — et encore moins quand on n'a pas d'expérience.

Elle hocha la tête.

— Vous êtes fils unique ?

— Oui. Et ma mère est morte quand j'étais petit. Donc il n'y avait que mon père, ma grand-mère et moi.

— Votre grand-mère ?

Il fit oui de la tête.

— Mon père pensait que j'avais besoin d'une figure maternelle alors il l'a fait venir de France. Elle n'a jamais appris un mot d'anglais. Je l'entends encore me crier, en français : « Ne t'assieds pas sur le canapé avec ton maillot de bain mouillé. »

Il lui sourit et but une gorgée de champagne avant d'ajouter :

— Et vous, vous avez des frères et sœurs ?

Elle secoua la tête.

— Non. Je suis fille unique, moi aussi.

Pourtant, enfant, elle ne s'était jamais sentie seule. Ses collègues et ses voisins lui tenaient lieu de famille. Elle les connaissait depuis toujours. Ils l'avaient soutenue dans les bons comme dans les mauvais moments. Et, comme elle, ils travaillaient au tissage.

Ils manipulaient les vieux métiers à tisser avec soin et même avec amour pour produire des tissus qui se vendaient jusqu'à mille dollars le mètre. Ils étaient fiers de leur travail, fiers d'avoir recouvert trois fauteuils présidentiels de tissu Demion, de parer les demeures des gens riches et célèbres, des rois et reines du monde entier.

— Ne m'avez-vous pas dit que vous vous méfiiez des regrets ? lui demanda-t-il tranquillement.

Elle se rendit compte que, une fois de plus, elle fixait son assiette d'un air morose. Confuse, elle se reprit aussitôt.

— Si, répondit-elle.

— Alors, suivez-moi, proposa-t-il en lui tendant la main. Il est temps de passer au dessert.

2.

Cassie prit la main qu'il lui tendait. Il l'aida à se lever. Mais ensuite, au lieu de la lâcher, il la fit descendre du bateau et l'entraîna sur la marina.

— Où allons-nous ? voulut-elle savoir.

— J'ai envie de vous faire vivre une expérience réellement tropicale, expliqua-t-il. Enlevez vos chaussures, ajouta-t-il quand ils furent au bout du quai.

— Quoi ?

— Faites-moi confiance.

Elle ne savait pas trop pourquoi il fallait qu'elle se déchausse, mais elle obtempéra et le suivit sur la plage.

— Que faites-vous ? lui demanda-t-elle comme une noix de coco tombait sur le sable.

Il la ramassa et dit :

— Je sais que vous aimez les *piña coladas*.

Il frappa la noix de coco contre un tronc d'arbre pour révéler la noix, puis se servit de son canif pour percer un trou dans un bout avant de la lui tendre.

— Prenez une gorgée, lui proposa-t-il.

Elle porta la coque brune à ses lèvres et but un peu du liquide clair et sucré.

— Vous aimez ?

Elle fit oui de la tête.

— Vous pouvez finir, si vous voulez.

— Non, merci.

C'était bon, mais cela aurait été encore meilleur avec du jus d'ananas et du rhum.

Il finit le lait puis cassa la noix et en découpa la chair.

— Le dessert, annonça-t-il en en portant un morceau aux lèvres de Cassie qui en mordit un petit bout.

L'expérience était si sensuelle qu'elle en oublia presque de goûter.

— Alors ? demanda-t-il en faisant un pas vers elle.

Ils étaient maintenant si proches qu'elle sentait son souffle sur son front. Elle leva les yeux vers lui.

— C'est délicieux. Mais pourquoi ai-je dû enlever mes chaussures ?

Il la reprit par la main et l'entraîna vers la mer. L'eau tiède et sablonneuse s'insinua entre ses orteils.

— Pour que vous puissiez sentir cela.

Elle rit et lui prit la noix de coco des mains pour la lever vers la lune.

— Qu'est-ce que vous faites ?

— Je crois que cela ferait une très belle photo : la noix de coco éclipse la lune qui rayonne tout de même derrière.

— Vous voulez que j'aille chercher votre appareil ?

— Non, merci.

Pour une fois, elle voulait regarder la vie sans se cacher derrière son objectif.

Il posa la noix de coco sur la plage et lui reprit la main.

— Venez, lui enjoignit-il.

— Où allons-nous ?

— Nulle part.

Ils se mirent à marcher, enlacés, ne faisant qu'un. De temps à autre, ils croisaient un autre couple et souriaient. Il aurait été facile de croire qu'ils étaient comme eux, songea-t-elle. Mari et femme, en voyage de noces, amants…

— Mon hôtel est juste là, annonça-t-elle.

— Mais vos chaussures et votre appareil sont à bord.

— Exact, fit-elle en souriant.

Il s'arrêta de marcher et elle se tourna vers lui.

— Vous êtes prêt à faire demi-tour ?

Il ne lui répondit pas. Il la regardait intensément. Des flammes brillaient dans son regard.

— Mon Dieu, dit-il, que vous êtes belle.

Elle se sentit piquer un fard et avala sa salive.

Il se rapprocha d'elle sans détacher les yeux des siens. Hypnotisée, elle ne pouvait se détourner.

— Je peux vous embrasser ? demanda-t-il doucement.

Elle hocha la tête et se tendit vers lui. Il posa les lèvres sur les siennes avant de s'écarter, hésitant, comme s'il attendait sa réaction.

Elle répondit instinctivement en passant la main derrière son cou pour l'attirer à elle. Aussitôt, il lui prodigua un baiser à couper le souffle, profond et sensuel, comme jamais elle n'en avait reçu.

Quand, à court d'oxygène, elle se sentit sur le point de défaillir, il se détacha d'elle. Il resta un moment immobile, le front appuyé contre le sien.

— Rentrons, finit-il par dire d'une voix rauque.

Il l'attira tout contre lui et posa la main sur sa hanche en un geste intime et possessif. Elle était à lui…, pour le moment. Elle en fit autant et glissa le doigt dans un passant de sa ceinture.

Qu'est-ce qui lui prenait ? Elle connaissait à peine cet homme. Cet… interlude était un fantasme, rien de plus. Où pourrait-il mener ?

Sauf qu'elle ne voulait pas penser à cela pour l'instant. Elle n'avait qu'une envie : fermer les yeux et profiter pleinement de l'étreinte de cet homme si beau, de l'impression d'être désirée.

Très vite, ils furent de retour à la marina. Elle soupira, triste que les moments qu'ils avaient passés ensemble s'achèvent. Elle ramassa ses chaussures.

— Il faut que je récupère mon appareil avant de partir.

— Bien sûr.

Il donnait presque l'impression d'être aussi déçu qu'elle.

Ils regagnèrent le bateau sans se toucher. Il sauta sur le pont et, de nouveau, lui tendit la main. Elle la prit et le rejoignit à bord mais, cette fois, il ne la lâcha pas.

Elle savait qu'il était temps de rentrer. Leur soirée touchait à sa fin. Pourtant, avant qu'elle ait pu parler, il lui passa doucement le doigt sur le visage.

— Ne partez pas, la pria-t-il dans un souffle comme s'il avait désespérément envie qu'elle reste.

Incapable de se contrôler, elle se pencha vers lui et lui tendit les lèvres.

Il l'embrassa lentement, doucement, comme s'il n'attendait que cela depuis une éternité. Comme s'ils s'étaient déjà embrassés un million de fois. D'une main sur sa taille, il l'attira tout contre lui.

Elle avait l'impression que plus rien d'autre n'existait, que seule comptait l'énergie qui passait entre eux deux.

Elle s'écarta et respira profondément. Encore un baiser comme celui-ci et elle perdrait tout contrôle sur sa vie. Il fallait qu'elle parte. Tout de suite.

— Je… mon avion décolle tôt. Il faut vraiment que…

Il ne la laissa pas finir. Il l'embrassa de nouveau, plus fort. Cassie sentit tous ses sens s'éveiller. Elle avait envie qu'il la touche, qu'il la tienne dans ses bras toute la nuit. Elle voulait sentir ses lèvres sur les siennes pour l'éternité.

Il finit tout de même par s'arrêter.

— Finissez au moins votre champagne, lui enjoignit-il.

Elle regarda la table. La bouteille attendait dans son seau de glace à moitié fondue.

— Ce serait dommage de gâcher un aussi bon champagne, concéda-t-elle.

Elle allait boire un verre et s'en tenir là, décida-t-elle. Elle rentrerait chez elle, son cœur et sa virginité intacts.

En souriant, il la conduisit jusqu'à la table. Quand ils furent assis, il sortit la bouteille du seau et les resservit.

Ils restèrent un moment dans le silence.

— Si c'était mon bateau, finit par dire Cassie, je crois que je ne le quitterais jamais.

— Ah bon ?

— Non. Je ne peux pas imaginer qu'il existe un plus bel endroit.

— Surtout ce soir, renchérit-il en lui prenant la main. Je ne suis pas souvent seul à bord, mais quand c'est le cas, j'adore m'asseoir ici le soir et regarder les étoiles.

— Une fois, j'ai essayé de photographier le ciel étoilé.

— Mais ?

— Je me suis rendu compte que certaines choses étaient trop parfaites pour être reproduites.

Il lui toucha la joue afin d'incliner le fin visage vers lui. Puis il l'embrassa.

— Restez avec moi ce soir, chuchota-t-il, en la pressant doucement contre lui.

— Où voulez-vous aller ?

Après tout, ce bateau n'était pas à lui. Avait-il seulement le droit d'y passer la nuit ?

— Nulle part. Seulement rester ici, sur le bateau. Nous serons seuls.

C'était tentant, mais…

— Il ne se passera rien que vous ne vouliez, assura-t-il en écartant une mèche qui barrait le visage de Cassie. Si je vous demande de rester, ce n'est que pour profiter de vous. C'est simplement que je ne suis pas prêt à vous dire au revoir.

Elle non plus, songea-t-elle. Elle non plus n'était pas prête.

— D'accord, s'entendit-elle répondre.

— Merci, dit-il en se levant et en lui tendant la main.

La panique la prit. Elle savait qu'en acceptant, elle s'embarquait pour un voyage semblable à aucun autre.

Elle le regarda, hésitante. Un feu intérieur presque sauvage brillait dans ses yeux.

Hypnotisée, elle posa la main dans la sienne ; il l'aida à se lever. En le suivant vers ce qu'elle supposait être sa cabine, elle essaya de se raisonner, comme lorsqu'elle était enfant et que des peurs nocturnes la réveillaient.

Il ne lui ferait pas mal. Non qu'elle craignît de souffrir physiquement, d'ailleurs, songea-t-elle en le regardant de nouveau. Il semblait si gentil, si doux.

Et elle ne doutait pas qu'il eût de l'expérience. Il devait avoir déjà fait cela des dizaines de fois.

Fait quoi, au juste ? Qu'est-ce qui l'inquiétait ? Il avait dit qu'il se conformerait à ce qu'elle voulait, elle. Il ne se passerait donc pas forcément quoi que ce soit.

Le problème, découvrit-elle, c'était qu'elle avait *envie* qu'il se passe quelque chose.

Elle avala sa salive.

Et puis après ? Elle n'avait aucune raison d'avoir peur. Ou, en tout cas, cela n'avait rien à voir avec lui : c'était son cas à elle qui l'inquiétait. Et si elle était trop anxieuse pour sauter le pas ?

— Eh, dit-il doucement en s'arrêtant devant une cabine, ça va ?

C'était maintenant ou jamais, songea-t-elle. Sa dernière chance de faire demi-tour.

— Mais oui, répondit-elle.

— Ecoutez, si vous préférez que nous remontions sur le pont…

C'est ça, remonter sur le pont. Après tout, n'avait-elle pas tenu à rester vierge ? Etait-ce pour se donner au premier venu à vingt-trois ans ? Vingt-trois ans ! En juin, à son anniversaire, elle deviendrait une vierge de vingt-quatre ans, puis, l'année prochaine, de vingt-cinq ans, et ensuite de vingt-six, vingt-sept, vingt-huit ans…

— J'ai envie d'être avec toi, dit-elle dans un souffle.

Il lui baisa la main avant de la faire entrer dans la cabine meublée d'un grand lit double.

— Tu es sûre que ça va aller ? s'inquiéta-t-il.

— Oui.

— Alors, viens. J'ai seulement envie de m'allonger auprès de toi un moment, de te sentir contre moi.

Elle sourit pour cacher sa nervosité. Il fit un pas vers elle. Instinctivement, elle recula jusqu'à se trouver dos au mur.

Ils se regardèrent dans les yeux. Un instant, elle crut qu'il allait l'embrasser. Au lieu de cela, il la prit dans ses bras et la souleva. Il était fort ; plus fort qu'elle n'aurait cru. Le cœur battant, elle se laissa aller contre son torse. Puis elle noua les bras autour de son cou et il la déposa doucement sur le lit. Sans se déshabiller, il s'étendit à côté d'elle et l'enlaça.

Tout en lui caressant le cou avec tendresse, il l'embrassa légèrement, juste assez pour l'encourager à se tourner vers lui et à en demander plus. Il lui souleva lentement les bras au-dessus de la tête et les maintint d'une main tandis qu'il continuait de l'embrasser avec beaucoup de douceur.

Leur baiser lui parut durer des heures puis il glissa la langue dans sa bouche afin de l'explorer.

Il semblait attendre son accord silencieux pour aller plus loin. Et ce ne fut que lorsqu'elle se cambra vers lui en gémissant qu'il commença de partir à la découverte de son corps. Il promena les mains sur la robe bain de soleil puis passa les doigts sous les fines bretelles. D'un geste habile, il les fit glisser sur ses épaules pour dénuder sa poitrine. Il malaxa doucement les seins offerts, puis se pencha pour y poser ses lèvres.

Quand il se mit à les embrasser avec fougue, elle sentit une onde de chaleur entre ses jambes. Comme dans les livres qu'elle lisait. C'était donc cela, faire l'amour...

En douceur, il lui ôta sa petite culotte.

Cassie se laissa faire. Elle ne raisonnait plus. Elle était de toute façon allée trop loin pour s'arrêter. Elle avait trop besoin de le sentir en elle.

Passant les mains sous sa chemise, elle tira dessus pour la lui enlever. Son pantalon et son boxer suivirent bientôt. A présent, il était nu, son corps musclé tendu vers elle. Elle se rappela combien il lui avait semblé fort quand il s'était battu, au bar. Mais sa puissance ne l'intimidait plus. Elle se sentait en sécurité, protégée, désirée.

Elle le prit dans ses mains pour le diriger vers elle.

Il n'eut pas besoin d'autre encouragement ; il attrapa un préservatif dans un tiroir, puis revint aussitôt vers elle.

Il lui lança un regard d'une intensité incroyable, et d'un seul coup de reins, il la pénétra.

Vigoureux, il franchit sans effort l'écran de sa virginité. Vrillée par une brûlante douleur, elle enfonça les ongles dans son dos et poussa un cri.

Il s'arrêta.

— Je suis désolé, murmura-t-il en commençant à se retirer. Je ne savais pas...

— Ne t'arrête pas, murmura-t-elle. Je t'en prie.

Il hésita un instant. Refusant de le laisser s'éloigner, elle souleva les hanches pour l'attirer plus profondément en elle. Elle le vit fermer les yeux et lut la force de son désir sur son visage. Désormais, pas plus qu'elle, il ne pouvait s'arrêter. Elle bougea de nouveau les hanches.

Il rouvrit les yeux et se mit à aller et venir en elle lentement, très doucement. Le regard noyé dans le sien, il semblait lire jusqu'au tréfonds de son âme. Cassie sentit son cœur se dilater. Ils étaient aussi unis que deux êtres pouvaient l'être.

Le plaisir succéda bientôt à la douleur. Un plaisir intense et primitif qui s'empara de son corps. Ils bougeaient ensemble, chacun dépendant de l'autre. Alors qu'elle se soulevait vers lui, le plaisir monta en elle, prenant le contrôle de son corps et de son esprit. Pourtant, lorsque vint la délivrance, ce fut avec une intensité à laquelle rien ne l'avait préparée. Elle se cramponna au cou de son partenaire comme une naufragée tandis que la jouissance déferlait en elle en spasmes libérateurs. Alors seulement, elle sentit son amant frémir tandis qu'il émettait un râle de plaisir.

Il lui déposa un baiser sur la joue et passa un doigt sur ses lèvres.

— Ça va ?

— Mieux que cela encore, assura-t-elle en souriant.

— Mais tu es vierge…

— Plus maintenant.

Il lui embrassa la main avant de se retirer lentement.

— Plus maintenant, c'est sûr. Si j'avais su… enfin, je… je ne t'aurais pas demandé de rester.

— Dans ce cas, je suis contente de ne pas te l'avoir dit.

Il sourit, mais d'un sourire sans joie, presque coupable.

— Tout va bien, assura-t-elle. Je suis une grande fille.

— Tu attendais ta nuit de noces pour faire l'amour pour la première fois, n'est-ce pas ? s'enquit-il.

Elle hocha la tête.

Il se détourna en soupirant.

— Et tu espérais que faire l'amour ce soir te permettrait de prendre une revanche et de réparer ton cœur brisé ?

— Mon cœur n'est absolument pas brisé, affirma-t-elle.

Pas encore, en tout cas. Cependant, elle avait l'impression qu'il pourrait en être autrement dès demain. Il l'attira contre lui et resta là sans bouger, à la tenir dans ses bras.

Ce fut le roulis du bateau qui réveilla Cassie. Elle tourna la tête. Il était étendu à ses côtés, sur les couvertures, son corps taillé à la serpe entièrement exposé. Elle se détourna, gênée.

Comment pouvait-elle être gênée quand ils avaient partagé des moments aussi intimes ?

Elle rougit malgré elle au souvenir de ce qui s'était passé au cours de la nuit. Faire l'amour avec lui avait été un moment merveilleux. En le regardant dormir, elle se sentait fondre. Ses épais cheveux lui retombaient sur le front. Il avait les deux bras écartés de part et d'autre de l'oreiller. Une folle envie lui vint de se blottir contre lui et…

Il soupira et se retourna.

Elle se figea.

Mais non. Tout cela était fini. Et bien fini. Il lui fallait maintenant se ressaisir. Et filer très vite avant qu'il se réveille. Que pourrait-elle dire, sinon ? Elle ne supporterait pas de l'entendre lui assener les banalités d'usage. Cela gâcherait tout. Pour l'instant, cela semblait encore un rêve.

Et c'était précisément comme elle souhaitait que ce fût.

Elle se leva sans bruit, s'habilla et sortit sur la pointe des pieds. Il lui restait moins d'une heure pour gagner l'aéroport.

3.

Les yeux perdus dans le vide au-dessus de sa tasse de café froid, Cassie avait du mal à imaginer que, la veille encore, elle était aux Bahamas. Et encore moins que, douze heures auparavant, elle avait fait l'amour avec un homme dont elle ne connaissait même pas le nom.

Oui, tout cela ressemblait fort à un rêve, songeait-elle, et la réalité était tout autre. Elle était maintenant assise dans une salle de conférence en face de son ex-fiancé. Pire, la blonde à côté de lui n'était autre que sa petite amie, Willa, « l'homme de main » de Hunter Axon.

Toutefois, si Oliver était gêné par la promiscuité malencontreuse à laquelle se trouvaient confrontées son ex-fiancée et la femme pour laquelle il l'avait quittée, il ne le montrait pas. Après avoir feuilleté le contenu d'une enveloppe en papier kraft, il se tourna vers elle.

— Willa m'a dit ce que tu avais fait, annonça-t-il.

— De quoi parles-tu ?

— La réceptionniste d'Axon lui parlé de ton petit voyage aux Bahamas.

C'était donc pour cela qu'il avait demandé à la voir ! Quand elle était arrivée en fin de matinée, on lui avait dit qu'Oliver voulait lui parler immédiatement.

— Ce n'est pas un secret, rétorqua-t-elle. Je souhaitais effectivement rencontrer Hunter Axon.

Il hocha la tête.

— Pour me couper l'herbe sous le pied, j'imagine ! Mais qui penses-tu tromper ? Tu te crois maligne, mais je suis au courant de tout. Et de tout ce que tu as fait là-bas.

— Pas de tout, dit-elle calmement en songeant une fois de plus à son incroyable aventure.

Elle n'avait soufflé mot à personne de sa folle nuit. C'était son secret. Un secret qu'elle garderait enfoui comme un trésor.

— Comment as-tu pu me faire cela ? s'indigna-t-il. Tu sais bien l'importance de cette transaction pour moi.

Il plaisantait ? Ou était-il narcissique au point de croire qu'elle agissait par vengeance personnelle ?

— Cela n'a rien à voir avec toi, Oliver.

— Pourquoi l'as-tu fait, alors ?

— Pour préserver un mode de vie, une tradition transmise de génération en génération.

— Oh, je t'en prie, Cassie ! Tu parles comme un professeur d'histoire. Mais il s'agit d'une entreprise. Et d'une entreprise en difficulté, qui ne fait plus de bénéfices depuis des années.

— A qui la faute ? demanda-t-elle en haussant les sourcils.

— Tu sais quelle chance j'ai eu de pouvoir vendre ? poursuivit-il en écartant sa question d'un geste impatient. Qu'une société de l'envergure d'Axon Enterprises s'y intéresse ?

Ecarlate, il semblait parler avec une frustration grandissante.

Cassie le considéra avec froideur. Tout à coup, elle le voyait sous un jour nouveau. Comment avait-elle pu envisager de l'épouser ? Ce n'était même pas son ami. Non, il lui était devenu un parfait étranger.

— Eh bien, dit-elle, tu seras content d'apprendre que je ne l'ai pas vu. J'ai essayé mais il n'a pas voulu me recevoir.

— Nous le savons déjà, intervint Willa en posant une main manucurée sur le bras d'Oliver comme elle l'aurait fait sur la tête d'un caniche. Laisse-moi parler à Cassie seule à seule, poursuivit-elle en se tournant vers elle avec un sourire assassin. En privé.

Oliver regarda Willa. Ses yeux bleus s'agrandirent et il sourit d'un ait béat comme si la seule vue de sa bien-aimée suffisait à le faire fondre. Ainsi, songea Cassie, il l'aimait vraiment. Elle était bien placée pour le savoir : il ne l'avait jamais regardée de cette façon. Pourtant, elle n'était pas jalouse. Pour tout dire, elle commençait à douter de l'humanité d'Oliver ; elle était donc soulagée de le voir encore capable d'une émotion humaine.

Il hocha la tête et sortit à contrecœur en refermant la porte derrière lui.

— Ecoutez, Cass, fit Willa du ton le plus condescendant que Cassie eût jamais entendu.

— Cassie, corrigea-t-elle.

— Cassie. Je sais ce qui vous arrive. Je vous assure.

— Qu'est-ce qui m'arrive ? demanda-t-elle en la regardant sans sourciller.

— Vous voulez vous venger, ça crève les yeux.

— Me venger ?

Cette accusation lui fit l'effet d'une claque. Cette femme était aussi infâme qu'Oliver. La croyaient-ils vraiment égocentrique à ce point ? Des centaines d'emplois et l'avenir de la ville dépendaient du tissage.

— Cela n'a rien à voir avec une vengeance, rétorqua-t-elle.

— Qu'est-ce qui vous motive, alors ?

— La ville ne peut pas se permettre de perdre l'usine.

Willa poussa un soupir théâtral, comme si cette conversation l'épuisait.

— Cass… Cassie, je voudrais passer un accord avec vous. J'ai parlé avec Hunter ; il m'a assuré que tout le monde ne serait pas licencié. Ma position me permet de vous garantir un emploi — mais à une condition.

— Laquelle ?

— Que vous nous aidiez à faire cette transition en douceur.

— Quelle transition ?

40

— La vente. Hunter Axon vient ici pour la signature finale. Je veux votre parole que vous ne vous en mêlerez pas.

Cassie resta impassible. Elle n'avait pas peur de Willa. Elle était en colère. Elle comprit soudain pourquoi elle n'avait pas pu voir Hunter Axon. Willa avait dû ordonner à ses assistantes de ne pas la laisser s'approcher de lui.

— C'est vous qui avez dit à votre personnel de ne pas me laisser voir M. Axon ?

— Je travaille pour lui. C'est mon rôle de limiter les dégâts.

— De limiter les dégâts ?

— En quelque sorte, oui, dit-elle dans un soupir. Ecoutez, Cassie, je suis désolée pour Oliver. Sincèrement. Mais je vous suggère d'accepter mon offre. Car si vous me trouvez dure…, eh bien je vous assure que, comparée à M. Axon, je suis un enfant de chœur.

Willa avait proposé des indemnités de licenciement : une semaine de salaire par année de présence. Sur le papier, c'était honnête. Mais cela compensait-il la perte d'activité, la fermeture d'une entreprise qui était le principal employeur de la ville et faisait vivre l'économie locale ? Comment ces gens qui avaient été artisans toute leur vie pourraient-ils se reclasser ? Et de toute façon, où trouveraient-ils du travail ?

— Je suis prête à courir le risque, répliqua Cassie d'une voix assurée.

— Vous ne savez pas à qui vous avez affaire. Vous croyez que M. Axon se laissera apitoyer par votre petit mélo ? Mais il se fiche pas mal de vous et de votre petite communauté. Tout ce qui compte pour lui, c'est faire de l'argent.

Elle lui adressa un sourire glacial.

— Je le connais depuis des années, ajouta-t-elle. Avant même de venir travailler chez lui. Dans les affaires, c'est sans aucun doute le meilleur. Et il n'aime pas que l'on cherche à l'empêcher d'obtenir ce qu'il veut.

— Tout ce que je souhaite, c'est lui parler.

— Si vous lui attirez des ennuis, si vous parlez à la presse ou je ne sais quoi, je vous garantis qu'il vous écrasera comme une punaise. Compris ?

Cassie porta instinctivement la main au collier qu'elle portait depuis l'enfance, un cœur en or que sa mère avait reçu de son père comme cadeau de fiançailles. Mais il n'était pas là pour la rassurer. Elle l'avait perdu aux Bahamas.

— Je n'ai pas peur de lui.

— Dans ce cas, vous êtes encore plus idiote que je ne le croyais !

Cassie se détourna. Il lui en coûtait de l'admettre, mais elle pressentait que Willa avait raison. Comment pouvait-elle avoir la bêtise de croire qu'elle pourrait changer les choses ?

— Je vais être bien claire, dit Willa en posant une main glacée sur la sienne. Si vous vous obstinez à vous en mêler, je retirerai les indemnités de licenciement que j'ai proposées.

— Je me moque de vos fichues indemnités.

— Je n'en doute pas. Mais qu'en pensera… Luanne Anderson, lut-elle dans un dossier. Je crois que sa fille a des problèmes, non ? Ce serait dommage qu'elle soit licenciée sans indemnités.

— Vous menacez de me punir en supprimant les indemnités de Luanne ?

— Pas seulement. Egalement celles de… Mabel, lut-elle encore, de Larry… Enfin, de tout le monde. Il serait injuste d'en donner à certains et pas à d'autres, n'est-ce pas ?

— Vous ne pouvez pas faire cela ! protesta Cassie.

— Moi non. Mais Hunter Axon, si.

Cassie avala sa salive.

— Il l'a déjà fait. Plusieurs fois. En général, il laisse le choix aux employés. Ils peuvent soit être mauvais perdants et semer la pagaille, soit être chic et accepter la situation de bonne grâce. Prendre l'argent et filer, en quelque sorte.

Cassie se détourna.

— Dans le cas présent, je veux éviter ces difficultés à Hunter. Si vous essayez de quelque façon que ce soit de le contacter quand il sera là, je me chargerai personnellement de supprimer les indemnités. Oliver m'a parlé de vos récents travaux, ajouta-t-elle en souriant d'un air de conspiratrice. Vous devriez vous servir de vos indemnités pour retourner à la fac et obtenir le diplôme que vous souhaitiez.

Cassie se sentait le feu aux joues. Ainsi, Oliver avait parlé d'elle à cette femme. Elle voyait d'ici leur conversation sur cette petite provinciale qu'il s'apprêtait à quitter.

Elle fut tentée de défendre son emploi, sa vie. Mais à quoi bon ? Willa ne la croirait jamais. A ses yeux, Demion Mills n'était qu'une petite usine textile comme tant d'autres. Et Cassie devrait lui être reconnaissante de la sauver du désespoir.

— Alors nous sommes d'accord ? demanda Willa.

— D'accord ? s'étrangla Cassie. Il ne s'agit ni de moi, ni de vous, ni d'Oliver, mais de tous ces gens qui vont perdre leur unique gagne-pain. De tous ces gens qui vont devoir quitter leur maison de toujours.

— Vous me faites perdre mon temps ! Je vous ai proposé un marché, il me semble.

— Rester sans bouger à vous regarder détruire la fabrique, ou essayer de la sauver et risquer de ruiner mes amis ?

— C'est présenté un peu tragiquement, mais en gros c'est ça.

Cassie se leva, et, regardant la jeune femme droit dans les yeux, elle demanda :

— Vous avez fini ?

— Oui, dit Willa en se levant à son tour et en lui tendant la main. J'admire votre cran, même si vous l'employez à mauvais escient. Et j'espère vraiment que votre relation passée avec Oliver ne nous empêchera pas d'être amies.

Cassie sortit sans lui serrer la main.

Hunter regarda sa montre. Son avion avait du retard à cause d'un orage aussi violent qu'inattendu. Peu importait. Il n'était pas du tout pressé d'arriver à destination.

Pour une fois, il n'avait pas envie de quitter les Bahamas. Et si elle y était encore ?

— Vous ne la trouverez jamais, avait assuré le détective privé qu'il avait engagé. C'est comme chercher une aiguille dans une meule de foin. Comment retrouver une femme qui n'a pas de nom ?

Mais Hunter refusait de se résigner. C'était impossible. Depuis qu'il avait posé les yeux sur elle pour la première fois, il ne pouvait pour ainsi dire penser à rien d'autre.

Il tâta dans sa poche la seule chose qui lui eût apporté un peu de réconfort depuis, un collier en forme de cœur.

Il l'avait trouvé sur son oreiller, le fermoir cassé. En le serrant dans son poing, il sentit sa conviction renaître. Il la retrouverait. Mais où ? Il avait cherché partout. Une fois de plus, il s'en voulut d'avoir été si stupide. Pourquoi ne lui avait-il pas demandé son nom ?

Pire, elle ne connaissait pas non plus le sien. Et si, en rentrant chez elle, elle changeait de sentiments ? Comment ferait-elle pour prendre contact avec lui ?

Il n'avait rien prévu ni organisé de tout cela. Le bar se trouvait être l'un de ses nombreux biens sur l'île. Il y était passé non pas pour un interlude romantique, mais pour s'entretenir avec ses employés. Il y avait tant de monde qu'il avait dû donner un coup de main au service. En avisant la jeune femme assise toute seule, il avait été intrigué. Elle était d'une beauté presque éthérée avec sa peau claire et ses grands yeux verts. Un nuage auburn de longs cheveux bouclés lui tombait dans le dos. Menue, avec de longues jambes fines, elle avait une silhouette de danseuse.

Il avait été immédiatement séduit et charmé. Elle semblait si innocente, si pure, si désarmée !

Ensuite, lorsqu'il s'était rendu compte qu'elle le prenait pour un barman, il avait un moment tenté de la détromper. Mais elle ne l'avait pas cru. Et il n'avait pas insisté. Après tout, avait-il songé sur le moment, qu'est-ce que cela pouvait bien faire ? Pour une fois qu'il était avec une femme séduisante qui ne s'intéressait ni à sa fortune, ni à son nom…

A mesure que la soirée avançait, il était devenu évident qu'elle se sentait seule et qu'elle avait le cœur brisé. Elle avait besoin de réconfort et il avait été ravi de lui en apporter.

Sauf qu'il l'avait mal jugée et qu'il avait mal évalué la situation. Elle n'était pas venue aux Bahamas pour se perdre dans les bras d'un autre homme. Elle ne cherchait pas un compagnon avec qui partager un lit et une consolation physique.

Elle était vierge.

S'il l'avait su, il n'aurait pas couché avec elle.

Si ?

Sachant le plaisir que leur union lui avait procuré, l'incroyable lien qu'ils avaient partagé, il ne regrettait rien. Mais elle ?

Etait-ce pourquoi elle était partie sans lui dire au revoir ?

L'avait-elle choisi par solitude ? Par désespoir ?

Peu importait. A sa grande surprise, il s'était réveillé avec un puissant désir de la revoir. Et sa disparition l'avait empli de désespoir. C'est alors qu'il avait su qu'il devait à tout prix la retrouver.

Cela faisait des années qu'une femme ne l'avait pas touché à ce point.

Il était sorti avec beaucoup de femmes depuis la rupture de ses fiançailles, mais il les avait toujours tenues à distance. Il était jeune et naïf, quand il était tombé amoureux de Lisa. Ils étaient ensemble à l'université, et ils avaient des projets d'avenir. Lorsqu'il avait décroché un stage chez un prestigieux agent de change new-yorkais, il l'avait demandée en mariage. Hélas, peu de temps après, en rentrant chez lui, il l'avait trouvée au lit avec un autre homme. Son patron à lui. C'était d'ailleurs cet homme qu'elle avait épousé, sans se priver de lui expliquer pourquoi. Des années plus tard, il l'entendait encore : « Je ne pourrai jamais me marier avec un pauvre. »

Ce rejet n'avait fait qu'alimenter son désir de devenir riche et puissant. Mais il avait découvert ce que Lisa devait sans aucun doute savoir maintenant : l'argent ne fait pas le bonheur.

Il regarda par le hublot tandis que l'avion amorçait sa descente. Il se surprenait lui-même. Lui qui ne se considérait pas comme un sentimental était maintenant consumé par un souvenir aussi doux que bref. Cela faisait bien longtemps qu'il n'avait pas joui de ces plaisirs tout simples de la vie — se promener sur la plage, boire le lait d'une noix de coco…

L'avion fit une embardée en se posant. Il regarda de nouveau par le hublot. Il neigeait sur Shanville.

4.

— Tu vas quand même essayer de parler à M. Axon ?

Cassie regarda son amie de toujours. Elle s'en voulait de la décevoir. A soixante-cinq ans, Frances Wells — comme presque tous les habitants de Shanville — avait du mal à joindre les deux bouts. Pire, si elle perdait son emploi au tissage, elle aurait du mal à en retrouver un ailleurs.

Hélas, Frances n'était pas un cas isolé. La communauté vieillissait ; la plupart de ses membres avaient plus de cinquante ans. Cassie n'aurait sans doute pas de mal à rebondir, mais les autres, si. Elle ne pouvait pas risquer de leur faire perdre leurs indemnités.

— Je ne peux pas jouer avec l'avenir de tout le monde, fit-elle valoir. Il y a trop peu de chances de réussir.

— Mais Oliver t'aime, fit valoir Frances.

— Non. A l'en croire, il ne m'a jamais aimée. De toute façon, même si j'avais la moindre influence sur lui, il ne contrôle plus rien. Il a passé les rênes à Axon Enterprises.

— Je ne comprends pas comment il peut laisser faire cela sans réagir. Si j'avais su à quel point il allait devenir mauvais, je lui aurais donné plus de fessées. Enfin, au moins, je suis heureuse pour toi, déclara Frances en souriant.

— Comment cela ?

— Ces indemnités, c'est exactement ce qu'il te faut. Tu vas pouvoir retourner à la fac, expliqua son amie en souriant tristement et en lui tapotant la main. Ta place n'est pas à l'usine, Cassie, mais derrière un appareil photo. Tu vas pouvoir réaliser ton rêve.

— Oh, Frances…, fit Cassie au bord des larmes. Je serais prête à ne plus jamais prendre une photo de ma vie si cela pouvait vous permettre à tous de conserver votre emploi. D'ailleurs, je ne suis pas sûre que ce soit encore mon rêve.

— Qu'est-ce que tu racontes ? Depuis que tu es toute petite, tu adores cet appareil.

Elle haussa les épaules.

— Tout ce que je sais, c'est que je ne supporte pas l'idée de voir l'usine fermer.

Frances considéra la vieille bâtisse de pierre devant elles et haussa les épaules à son tour.

— Bah, sans doute que ça devait arriver tôt ou tard ! Nous savions que les choses n'allaient pas très bien depuis des années. C'était de la folie de penser qu'Oliver allait pouvoir redresser la barre rien que parce qu'il avait fait des études.

— Je crois qu'il aurait pu le faire s'il en avait vraiment eu envie, déclara Cassie en secouant la tête. Mais ce n'est pas ce qu'il a choisi de faire. Je regrette de ne pas avoir vu plus clair dans ses projets. J'aurais peut-être pu lui faire entendre raison avant qu'il ne soit trop tard.

— Non, répliqua Frances. Tu le sais aussi bien que moi, Oliver a des idées bien arrêtées. Au moins, ajouta-t-elle en lui passant un bras affectueux autour des épaules, je dors mieux maintenant que je sais que ça va aller pour toi.

— Ça va aller pour moi ?

— Ta grand-mère et moi avons toujours pensé qu'Oliver n'était pas fait pour toi.

— Quoi ? s'exclama-t-elle, stupéfaite. Je pensais au contraire que mamie aimait beaucoup Oliver.

— Oui, comme on aime un enfant difficile. Elle avait beau savoir que vous étiez amis d'enfance, elle s'inquiétait beaucoup pour votre avenir ensemble. Enfin, disait-elle, il rend Cassie heureuse ; c'est tout ce qui compte.

Etait-ce bien vrai ? S'agissait-il donc d'un incroyable malentendu ? Sa grand-mère et elle s'étaient-elles efforcées mutuellement de se convaincre qu'Oliver était l'homme de sa vie parce que chacune croyait que c'était ce que l'autre souhaitait ?

Quelle importance, de toute façon ? Sa grand-mère était morte et Oliver sortait avec une autre femme. Quant à elle — et bien elle avait avancé aussi. Avec un petit coup de main de son séduisant barman des Bahamas.

Leur rencontre avait beau remonter à plusieurs jours, elle ne cessait de penser à lui. C'était comme si son souvenir était marqué au fer rouge dans son esprit. Tout la faisait penser à lui. Tout la faisait le désirer.

Ce n'était pas ainsi que cela devait se passer.

Elle avait eu une aventure d'un soir avec un inconnu. Ils avaient partagé une intimité sans engagement. Du désir sans amour. Elle ne savait même pas comment il s'appelait.

Alors pourquoi ne parvenait-elle pas à l'oublier ?

Elle n'éprouvait qu'agacement quand elle voyait son ex-fiancé. En revanche, quand elle regardait la photo qu'elle avait prise de son barman sur la plage, elle avait envie de pleurer. Elle ne pouvait qu'espérer le revoir un jour.

Se souviendrait-il seulement d'elle ?

Sans doute pas. A l'évidence, il ne manquait pas d'expérience avec les femmes. Il avait certainement trouvé quelqu'un d'autre avec qui partager son lit.

Elle suivit Frances dans la cafétéria. Les employés y étaient entassés comme du bétail. Trois chaises étaient disposées au bout de la salle. Oliver et Willa étaient assis de part et d'autre du siège vide.

— M. Axon a été retardé, annonça Oliver en se levant. Il a appelé il y a quelques instants pour dire qu'il ne devrait plus tarder. Ah ! fit-il d'un air joyeux en regardant devant lui. Le voilà.

Cassie se retourna et sentit le sol se dérober sous ses pieds.

L'homme qui s'avançait vers elle n'était autre que son amant d'une nuit.

Hunter traversa la salle bondée en s'appliquant à ne rencontrer aucun regard. Il avait déjà vécu cette situation plusieurs fois. Il savait quelles questions on allait lui poser. Il savait aussi que ses réponses ne plairaient pas à ces gens.

Il comptait fermer l'usine d'ici six mois. Néanmoins, tous les employés recevraient des indemnités assez généreuses. Selon Willa, qui avait étudié la situation de la région, cela leur donnerait largement le temps de trouver un autre emploi.

Il regarda Oliver qui se mit à applaudir.

Applaudir ? C'était plutôt déplacé ; pourtant il semblait ne pas pouvoir s'en empêcher. Il rappelait à Hunter ce gosse de riches avec qui il était au lycée, qui ne cessait de flatter les professeurs et de se moquer des élèves les moins populaires.

— Arrêtez, s'il vous plaît, lui demanda-t-il, ennuyé.

Oliver se trompait s'il croyait que ces gens allaient bien l'accueillir. D'autant que Willa lui avait dit les avoir déjà informés de ses intentions.

Oliver se rembrunit et se laissa retomber sur sa chaise.

— Excusez-moi, monsieur. Vous avez fait bon voyage ?

— Non, ne put s'empêcher de répliquer Hunter d'un ton sec.

Il ne savait pas pourquoi, mais Oliver l'agaçait. Il fallait qu'il soit plus aimable, se rappela-t-il.

— Je vous prie de m'excuser pour ce retard, reprit-il en se tournant vers l'assistance. Mon vol a été retardé par la météo. Je sais que vous avez beaucoup de questions à me poser. Je vous promets de faire mon possible pour y répondre.

50

Il balaya la salle du regard. Ça n'allait pas être facile. La plupart des employés étaient plus âgés qu'il ne s'y attendait. Ils risquaient d'avoir du mal à retrouver du travail.

— Je pourrais peut-être commencer par vous parler un peu de ma société…, commença-t-il.

Il se figea. Elle était au fond de la salle. Elle le regardait comme si elle voyait un fantôme.

C'était elle.

« Cours ! »

Cassie n'hésita pas et suivit l'ordre que lui dictait son instinct. Elle tourna les talons et se fraya un chemin dans la foule, vers la sortie, comme si sa vie en dépendait.

Une fois dehors, elle s'arrêta un instant pour reprendre sa respiration. Ce n'était pas la fuite qui lui avait coupé le souffle, mais le choc.

Elle avait couché avec Hunter Axon.

Cette idée suffit à lui redonner un sursaut d'énergie. Elle se remit à courir vers l'escalier alors que le sang battait toujours à ses tempes. Elle avait perdu sa virginité avec l'homme qu'elle haïssait le plus au monde. L'homme qui allait fermer l'usine et mettre ses amis au chômage.

Comment cela avait-il pu arriver ?

En tout cas, c'était arrivé. Indéniablement.

Pourquoi lui avait-il menti ? Pourquoi s'était-il fait passer pour un autre ?

Elle ouvrit la porte de la cage d'escalier et descendit les marches quatre à quatre. Il fallait qu'elle regagne son métier à tisser. Elle avait besoin du réconfort de cet objet familier. Elle avait besoin de calme pour se remettre de ce choc.

— Attends !

Au son de sa voix, elle se figea un instant. Presque aussitôt, elle repartit, le plus vite possible. Mais pas assez.

— Attends, répéta-t-il en se précipitant dans l'escalier et en la retenant par le bras. Je t'ai cherchée partout.

Elle le regarda. A la vue de son visage torturé, elle le crut. Presque.

— Hunter Axon ? fit-elle.

Il sourit et lui tendit la main.

— Ravi de faire votre connaissance. Et vous êtes… ?

Le regard plongé dans ses yeux bruns, elle sentit sa confusion se dissiper. Après tout, songea-t-elle un bref instant, qu'est-ce que cela pouvait faire qu'il soit Hunter Axon ? Ce qui comptait, c'était qu'elle l'ait retrouvé. Qu'il ne l'ait pas oubliée. Qu'il l'ait cherchée.

— Cassie Edwards, répondit-elle en lui serrant la main.

— Cassie, répéta-t-il doucement comme s'il avait lu la tendresse dans ses yeux.

Il lui tenait la main fermement, comme s'il n'avait pas l'intention de la lâcher.

— Qu'est-ce que tu fais là ? voulut-il savoir.

— Je travaille ici.

Ces quelques mots suffirent à réveiller son indignation. Elle retira sa main de celle d'Hunter. Elle devait oublier leur histoire. Il fallait qu'elle ignore les sentiments qui l'étouffaient. Cet homme n'était pas celui qu'elle avait cru. C'était Hunter Axon. Et il détruisait la vie qu'elle avait toujours connue.

— Je ne comprends pas, dit-il en cessant de sourire.

— Je suis allée aux Bahamas pour te rencontrer.

— Quoi ?

Les muscles de son visage se contractèrent. Il était visiblement surpris. Bien qu'elle l'eût promis à Cassie, son assistante ne lui avait pas parlé de sa visite.

— Pourquoi ? voulut-il savoir.

— Je voulais te parler de tes projets pour l'usine. J'ai passé deux jours à chercher à te rencontrer. Je suis allée à ton bureau, et même chez toi.

Il hésita.

— Alors, quand tu m'as vu au bar… ?

— Je ne savais pas qui tu étais. Je n'aurais jamais…

Elle avala sa salive.

— Alors ce n'était donc qu'une coïncidence ? dit-il en reculant d'un pas.

C'était comme si elle lui avait jeté un seau d'eau glacée à la figure. Il ne restait pas trace d'intimité entre eux.

— Oui, confirma-t-elle tranquillement.

Cassie entendit une porte s'ouvrir et un claquement de talons hauts résonner dans le couloir.

— Hunter ? Hunter ? appelait la voix de Willa.

Immédiatement, Cassie se rappela sa menace. Si Willa la voyait parler à Hunter, supprimerait-elle les indemnités de licenciement comme elle l'avait dit ?

Elle n'avait aucune envie de le vérifier.

— Il faut que j'y aille, dit-elle en se remettant à descendre.

— Cassie ! cria Willa en se penchant sur la rambarde. Attendez !

Elle s'arrêta.

Hunter ferma un instant les yeux et soupira, comme si l'intrusion de Willa le frustrait.

— Qu'est-ce qui se passe, ici ? demanda cette dernière en descendant vers eux.

— Nous étions…, commença Hunter.

— M. Axon cherchait les toilettes, expliqua Cassie. Et vous les avez dépassées, ajouta-t-elle en se tournant vers lui. C'est en haut, juste à l'extérieur.

— C'est vrai ? demanda Willa à Hunter.

— Comment voulez-vous que je le sache ? C'est la première fois que je mets les pieds dans ce bâtiment.

Cassie réprima un sourire.

— Je suis soulagée que vous alliez bien, dit Willa à son patron. Je me suis inquiétée en vous voyant quitter la salle au beau milieu d'une phrase.

— J'ai été pris d'un soudain besoin de… d'aller aux toilettes, conclut-il avec un coup d'œil à Cassie.

— Comme je vous le disais, fit celle-ci, c'est en haut, à gauche. Vous ne pouvez pas les manquer.

— Merci. Excusez-moi auprès des employés, poursuivit-il à l'adresse de Willa. J'arrive dans un instant.

— Entendu.

Hunter remonta l'escalier. Cassie entendit la porte s'ouvrir et se refermer.

— Je pensais que vous aviez dit ne pas avoir rencontré M. Axon quand vous étiez aux Bahamas, reprit Willa d'une voix sèche.

Le cœur de Cassie fit un bond dans sa poitrine. Peut-être leur petit numéro n'avait-il pas été si convaincant que cela. Elle avala sa salive et regarda Willa dans les yeux.

— Vous m'accusez de mentir ?

— Avouez que c'est un peu troublant. Il quitte une conférence sans crier gare, et je vous retrouve tous les deux dans l'escalier. Drôle de coïncidence, non ?

— Je n'ai pas parlé de l'usine, si c'est ce qui vous inquiète.

— Pourquoi cela m'inquiéterait-il ? Nous avons un accord, non ?

Cassie se détourna.

— Ce serait affreux que tous ces braves gens se retrouvent sans emploi et sans argent, insista Willa.

— Oui, confirma Cassie, ce serait affreux.

— Cassie, dit-elle après un instant d'hésitation, je suis heureuse que nous ayons eu cette petite conversation. Je veux que vous sachiez que je vous fais confiance. Je regrette que nous soyons parties du mauvais pied, et j'aimerais faire un geste pour me faire pardonner.

Pour se faire pardonner ? Cassie sentit un frisson courir le long de sa colonne vertébrale. Cette femme lui donnait la chair de poule. Elle était diabolique.

— Oliver et moi donnons une petite réception ce soir en l'honneur de Hunter, dans la propriété d'Oliver.

Une propriété ? songea Cassie en souriant. Perchée sur une colline, la maison des Demion était certes la plus grande de Shanville. Mais de là à parler de propriété…

— Vous pourriez venir, conclut Willa.

Cassie la regarda, surprise. Qu'est-ce qu'elle mijotait donc ? Voulait-elle l'inciter à parler à Hunter afin de pouvoir supprimer les indemnités de licenciement ? Etait-elle capable d'un acte aussi bas ?

Quoi qu'il en soit, elle avait besoin de savoir si son intuition au sujet de Hunter était juste. L'écouterait-il ?

Si elle se trompait, ses amis risquaient de perdre leurs indemnités. En revanche, si elle avait raison… Peut-être avaient-ils une chance, après tout.

— Cela va être une grande soirée, continuait Willa. J'ai appris aujourd'hui qu'il y aurait le gouverneur.

Le gouverneur ? Serait-il en mesure d'aider Demion Mills ? Cela valait la peine d'essayer de le savoir. Willa lui avait peut-être interdit de parler à Hunter Axon, mais elle ne pouvait pas l'empêcher de parler au gouverneur.

— Merci, dit-elle. Je viendrai avec plaisir.

— Parfait. Ah, au fait, Cassie, ce sera une soirée habillée.

— Entendu.

5.

Cassie fit un pas et s'arrêta. Il était encore temps de faire demi-tour.

Elle leva les yeux vers la « propriété » des Demion. Au clair de lune, la bâtisse de granit victorienne qui n'avait jamais été très gaie semblait presque hantée. Par la fenêtre, elle apercevait des détails de la soirée qui se déroulait à l'intérieur : un poignet de femme orné de bracelets, un bout de smoking…

Qui étaient ces gens ? Que faisaient-ils à Shanville ?

Cherchaient-ils une occasion de rencontrer le grand, l'impitoyable Hunter Axon ?

Il avait fallu à Cassie presque toute la journée pour se remettre du choc qu'elle avait eu de découvrir que l'homme qui alimentait ses rêves était aussi celui qui nourrissait ses cauchemars.

« Une coïncidence », avait-il dit.

En fait, un incroyable coup du sort. Un coup du sort qu'elle aurait facilement pu éviter en lui posant la plus évidente des questions : comment vous appelez-vous ?

C'était bien ce qu'elle aurait voulu qu'il se passât, non ? Qu'elle ait appris son identité plus tôt, qu'ils n'aient pas passé cette soirée ensemble, qu'elle soit rentrée chez elle, sa virginité intacte ?

Eh bien non. Autant qu'il lui répugnât à l'admettre, ce n'était pas le cas. Elle avait beau savoir qu'elle le devrait, elle ne regrettait pas ce qui s'était passé.

Comment regretter une nuit pareille ?

Elle poussa un profond soupir. Comment était-ce possible ? Comment son amant si tendre et si doux pouvait-il être le cruel Hunter Axon ? Comment un homme si cynique en affaires pouvait-il se montrer si tendre, si prévenant, si séduisant ?

Apparemment, elle n'était pas la seule à être sensible à son charisme. Sinon, pourquoi le gouverneur viendrait-il à une soirée donnée en son honneur ? Etait-ce à cause du pouvoir que confère l'argent ? Alors que le seul nom d'Axon suffisait à inspirer l'inquiétude, lui dont les projets ne laissaient que désolation et chômage dans leur sillage.

Pourtant, tandis qu'elle avançait courageusement vers la porte, ce n'était pas le gouverneur qui occupait les pensées de Cassie. Non, c'était uniquement à Hunter qu'elle songeait. Dans quelques minutes, elle allait le revoir.

Avant de sonner, elle baissa les yeux et regarda sa robe. Sa grand-mère en avait fabriqué le tissu de ses mains, en faisant des heures supplémentaires au tissage. Ensuite, c'était Ruby qui l'avait confectionnée, et Luanne avait ajouté les parements. Aujourd'hui encore, Cassie la trouvait magnifique.

Pourtant, elle se sentait mal à l'aise. Mais pourquoi ? Elle était souvent venue chez Oliver.

Sauf que, à l'époque, elle venait en tant qu'amie d'Oliver. Pas en tant qu'invitée de sa petite amie. Elle prit une profonde inspiration avant de sonner.

Ce fut Willa qui ouvrit.

— Bonjour, Cassie, fit-elle en haussant un sourcil et en hochant brièvement la tête. Je vous en prie, entrez.

Elle obtempéra et fit la grimace en découvrant la tenue de Willa. De Willa, et des autres. Tout le monde était en tenue de ville. Les seuls à porter des vêtements de soirée étaient les serveurs en smoking.

En la voyant, Oliver ouvrit de grands yeux. Il s'approcha, un martini à la main.

— Cassie ? s'enquit-il d'un air mi-surpris, mi-horrifié. Qu'est-ce que tu fais là ?

— Willa m'a invitée, expliqua-t-elle d'une petite voix..

— Oui, confirma cette dernière. J'étais dans le pétrin ; Cassie a eu la gentillesse de me dépanner.

— Je ne comprends pas, dit Oliver. Et pourquoi portes-tu ta robe de bal du lycée ?

Cassie se figea. Que ne pouvait-elle fermer les yeux et se transporter comme par magie jusque chez elle ?

Elle n'eut pas à trouver une réponse. Willa s'en chargea.

— L'une des serveuses est tombée malade à la dernière minute. Cassie va la remplacer.

Elle cligna des yeux. C'était encore pire qu'elle ne l'avait imaginé. Willa ne l'avait pas conviée ici en tant qu'invitée, mais en tant que serveuse. Et elle s'était jetée tête baissée dans le piège.

— C'est vrai ? s'étonna Oliver. Je croyais…

— Tu croyais quoi ? Tu vois bien qu'elle s'est habillée pour travailler. Vous avez eu raison de mettre une vieille robe, ma chère, ajouta-t-elle avec un clin d'œil à l'adresse de Cassie. Vous risquez un peu de vous salir.

Cassie fouilla la salle du regard en quête de Hunter. Etait-il là ? Que penserait-il en la voyant ?

Allons, qu'est-ce que cela pouvait faire. Ce n'était pas sa robe qui comptait, mais ce qu'elle avait à dire.

Non, décida-t-elle, elle n'allait pas laisser Willa entraver ses projets. Le gouverneur était là ce soir et il fallait qu'elle lui parle.

— Cassie ? fit Willa. Ça va ? Oh, mon Dieu. J'espère qu'il n'y a pas de malentendu. Vous aviez compris que je vous avais demandé de venir pour travailler, n'est-ce pas ?

— Bien sûr, affirma-t-elle vivement.

Elle n'allait pas se laisser démonter par Willa. Pas plus que par Oliver ou Hunter. Elle ne valait pas moins qu'eux. Elle ôta son manteau et releva ses manches.

— Je suis prête, déclara-t-elle en regardant Willa dans les yeux.

— Bonjour, dit derrière elle une voix masculine qu'elle reconnut aussitôt.

Elle sentit son cœur palpiter. Elle avait beau faire son possible pour l'oublier, son corps appelait toujours ses caresses.

Elle se retourna vers lui. Il portait un costume sombre parfaitement coupé, une cravate bleu vif et une chemise d'un blanc immaculé. Tout en lui respirait l'argent, le pouvoir, le prestige.

Willa lui prit son manteau qu'elle passa à Cassie.

— Puis-je vous proposer quelque chose à boire ? demanda Willa à Hunter.

— De l'eau, s'il vous plaît, répondit-il sans quitter Cassie des yeux.

Il fallait qu'elle trouve quelque chose à dire. Mais quoi ?

— Bonjour, monsieur. Cela me fait plaisir de vous revoir.

— Tout le plaisir est pour moi, répondit-il en la fixant avec intensité.

Non, ce n'était pas un plaisir. C'était affreux. Chaque fois qu'elle le regardait, elle avait envie de l'embrasser.

— Vous avez entendu M. Axon, jeta Willa. Allez lui chercher un verre d'eau. Et j'aimerais encore du champagne, ajouta-t-elle en lui tendant sa flûte vide.

Qu'est-ce qui se passait ? se demanda Hunter en regardant Cassie s'éloigner.

Il jeta un coup d'œil agacé à Willa. Pourquoi la traitait-elle comme une bonne ?

Il fut tenté de se lancer à la poursuite de Cassie. Cependant, pour une raison qu'il ignorait, elle tenait manifestement à ce que Willa ne soit pas au courant de la relation qu'ils avaient eue.

— Que savez-vous de cette femme ? demanda-t-il à Willa.

— Quelle femme ? répondit-elle comme si elle ne savait pas de qui il parlait.

— Celle qui est partie nous chercher à boire.

— Cassie ? Celle avec qui vous parliez dans l'escalier ce matin ?

Ainsi, nota-t-il, Willa se doutait de quelque chose.

— Ah, fit-il. C'est pour cela que j'avais l'impression de la connaître.

— Je crois qu'elle est tisseuse — mais je n'en suis pas certaine.

— Tisseuse ?

— C'est une ouvrière de l'usine. D'ailleurs, c'est un peu une agitatrice. Elle a menacé d'organiser une espèce de rébellion si nous n'accédions pas à ses demandes.

— Ah bon ?

— Oui. Elle est même allée aux Bahamas pour tenter de vous rencontrer. Mais je m'en suis chargée, et je lui ai fait savoir que, désormais, elle devrait passer par moi. Vous êtes bien trop occupé pour qu'on vous dérange avec ces détails.

Cassie, un détail ?

Hunter se sentit bouillir. Il ne voulait pas que Willa — ni personne, d'ailleurs — s'occupe de Cassie. Il voulait s'occuper d'elle en personne. Mais comment le dire à Willa sans éveiller ses soupçons ? D'ordinaire, il n'était que trop content de la laisser se charger des questions de personnel.

— Je suis là pour régler les problèmes, après tout, ajouta-t-elle en souriant.

— Vous avez l'air d'avoir très bien réglé celui-ci.

Cela ne lui plaisait pas. Pas du tout. Willa était une excellente collaboratrice qui travaillait à ses côtés depuis des années. Responsable de la recherche de propriétés et d'entreprises à vendre, elle devait aussi définir celles dont Axon Enterprises devrait se porter acquéreur : un poste aussi difficile que prestigieux. En général, lors de ces acquisitions, ils devaient faire face à une certaine hostilité et Willa était passée maîtresse dans l'art de traiter avec les employés difficiles. Et si ses méthodes étaient parfois froides et cruelles, elles réussissaient. D'habitude, Hunter appréciait l'habileté de Willa. Mais pas dans le cas présent. Il ne pouvait pas s'empêcher de se demander comment, après avoir menacé d'organiser une rébellion, Cassie se montrait si accommodante à l'égard de Willa.

— Comment cela ? demanda cette dernière en cessant de sourire.

— Eh bien, elle est ici, non ? Elle doit avoir fini par accepter la situation.

— Espérons-le, dit Willa en crispant la main sur son bras.

— Ne vous inquiétez pas, Willa, lui enjoignit-il en scrutant la salle dans l'espoir d'apercevoir Cassie. Je saurai me débrouiller.

— Bien entendu, assura-t-elle en exerçant une nouvelle pression sur son bras avant de le lâcher. De toute façon, nous avons d'autres choses à penser, en ce moment. Par exemple, trouver où est passé le gouverneur.

Cassie rajusta son tablier. Elle était rouge de honte en repensant à la façon dont Willa lui avait ordonné d'aller chercher à boire à Hunter. Elle avait réussi à la mettre mal à l'aise, à l'humilier devant tout le monde.

En revanche, elle n'était pas parvenue à la distraire de sa mission. Elle était plus décidée que jamais à parler au gouverneur.

N'empêche qu'elle ne pouvait pas s'empêcher de se demander ce qu'avait pensé Hunter en la voyant en robe de bal. Avait-il eu pitié d'elle ? Pire, avait-il ressenti du dégoût, du mépris ? Elle ne doutait pas que Willa se soit empressée de lui raconter qu'elle était tisseuse chez Demion Mills. Et elle ne doutait pas que Hunter soit encore plus snob que son ex-fiancé.

Mais qu'est-ce que cela pouvait faire ? Il fallait qu'elle l'oublie, qu'elle oublie la nuit qu'ils avaient passée ensemble. Car il n'y aurait jamais plus entre eux que le souvenir d'une merveilleuse nuit.

Elle traversa la salle en portant les verres de Hunter et Willa sur un plateau d'argent. Heureusement, le traiteur d'Oliver disposait de toute une collection de tabliers dans laquelle elle en avait trouvé un suffisamment long pour cacher sa tenue trop habillée. Cependant, elle avait eu tort de se soucier de ce qu'elle portait. Pour les invités, son tablier la désignait comme une serveuse et la rendait pour ainsi dire invisible aux yeux de tous ces snobs.

Elle se rendit dans l'entrée ; Hunter et Willa n'y étaient plus. Elle jeta un coup d'œil dans la salle à manger et s'arrêta net. A moins d'un mètre d'elle, le gouverneur de New York contemplait le somptueux buffet.

Elle posa le plateau sur une table ancienne et ôta son tablier. Il fallait qu'elle agisse avant que Willa n'intervienne.

En s'approchant du gouverneur, elle passa en revue les points clés de ce qu'elle avait à lui dire. Il faudrait qu'elle insiste sur la place que tenait le tissage dans la communauté, puis, qu'elle enchaîne avec les projets de délocalisation de Hunter. Et pour finir, elle lui demanderait de l'aider à empêcher l'achat de Demion Mills par Axon Enterprises.

— Pardon, monsieur, dit-elle. Puis-je vous parler un instant ?

— Quoi ? fit-il en se tournant vers elle.

La femme qui se tenait à côté de lui se raidit. Cassie découvrit qu'elle portait une oreillette. Elle non plus ne faisait pas partie des invités : c'était un garde du corps.

Allait-elle lui demander de s'en aller ? De toute façon, d'autres ennuis s'annonçaient pour Cassie. Du coin de l'œil, elle voyait approcher Willa et Hunter.

— Excusez-moi de vous déranger, monsieur, mais il faut que je vous parle. Je travaille chez Demion Mills. Je crois qu'il faut que vous sachiez que les habitants de Shanville ne sont pas contents qu'Axon Enterprises achète Demion Mills.

Un instant, le gouverneur parut surpris de son intrusion.

— Eh bien, mademoiselle…

Il hésita.

— Cassie Edwards.

— Je suis désolé de l'apprendre, mademoiselle Edwards.

Sauf qu'il n'avait pas l'air désolé du tout. Peut-être s'ennuyait-il ou était-il fatigué, mais désolé ? Non.

Il se servit une généreuse portion de rosbif.

— Il va fermer l'usine, le prévint-elle.

Il secoua la tête en piquant une tomate sur un cure-dent.

— J'avais l'impression qu'il se proposait de la sauver de la faillite, répondit-il.

— Ce n'est pas vrai, affirma-t-elle. Tout ce qu'il nous faut, c'est un changement de direction.

— Je suis désolé, mais ce n'est pas ce que j'ai compris…

— Je vous en prie, coupa-t-elle. N'y a-t-il rien que vous puissiez faire pour empêcher la vente ? Hunter Axon va ruiner la ville. Shanville ne survivra pas sans le tissage.

Mais il ne lui prêtait déjà plus attention.

— Hunter, dit-il en souriant et en regardant par-dessus l'épaule de Cassie.

La jeune femme se raidit. Hunter était maintenant tout près d'elle, si près que leurs bras se touchaient.

— Cette jeune femme s'inquiète pour Demion Mills, poursuivit le gouverneur.

— Ah bon ? fit Hunter en la regardant.

Elle sentait des flammes brûler derrière son regard de glace. Ainsi, nota-t-elle, il n'était pas content qu'elle parle au gouverneur. Tant pis pour lui.

— Eh bien j'aimerais beaucoup avoir l'occasion de la rassurer, dit-il.

63

Au même moment, Willa les rejoignit et prit le bras du gouverneur.

— Axon Enterprises dispose d'un excellent programme social, assura-t-elle en l'entraînant dans l'autre pièce, loin de Cassie. Voulez-vous que je vous en parle en dînant ?

Cassie regarda le gouverneur s'éloigner. Voilà, c'était fichu. Sa chance était passée. Pire, elle était certaine que ce qu'elle avait fait aurait des répercussions désagréables. Elle regarda Hunter et se prépara à la bagarre.

— Qu'est-ce que tu fais ? lui demanda-t-il calmement.

— J'étais curieuse de savoir si le gouverneur était au courant de ton projet de fermer l'usine quand tu l'achèteras — si tu l'achètes.

— Et tu as satisfait… ta curiosité ?

— Non.

Il la considéra attentivement. Dans ses yeux, la dureté avait fait place à la gentillesse.

— Tu n'es pas venue ici ce soir pour servir, n'est-ce pas ? devina-t-il en lui touchant le bras.

Le contact de sa main suffit à la faire frémir. Mais elle ne pouvait pas se permettre de se laisser distraire. Elle se dégagea.

— Je suis venue parler au gouverneur, dit-elle. Pour t'empêcher d'acheter Demion Mills.

Son regard était redevenu glacial.

— Dans ce cas, déclara-t-il, j'ai une mauvaise nouvelle.

Elle se figea.

— J'ai déjà acheté l'usine, Cassie.

Cette nouvelle l'assomma.

— Quoi ?

— J'ai signé les papiers cet après-midi, expliqua-t-il en faisant un pas vers elle. Je suis ton nouveau patron.

— J'en suis bien désolée, dit-elle faiblement.

— Pourquoi ?

Elle recula.

64

— Comment pourrais-je être heureuse quand une entreprise vieille de plusieurs générations va fermer ? Quand des centaines de gens qui sont mes amis vont perdre leur emploi ?

— Ce n'est pas le moment de parler de cela, dit-il en avisant un groupe de gens qui s'approchait rapidement.

Quand Cassie vit Willa venir vers eux, elle comprit qu'elle n'allait pas échapper à une autre confrontation. Or elle n'avait pas envie de faire perdre leurs indemnités à ses amis. D'autant que ses démarches ne la menaient à rien.

— Je regrette que tu ne m'aies pas dit qui tu étais, dit-elle en regardant Hunter droit dans les yeux.

A cette évocation de leur rencontre aux Bahamas, il se détourna.

— Tu es partie avant que j'aie pu le faire, fit-il valoir.

— Si tu avais su que j'étais là, si ton assistante t'avait dit qu'une tisseuse était venue de Shanville, tu m'aurais reçue ?

Il se tut.

Elle avait compris. C'était non, bien sûr. Hunter Axon n'aurait jamais perdu son temps avec une de ses futures employées. Pas plus qu'il n'aurait partagé son lit avec elle, elle s'en doutait.

— Oui, finit-il par dire.

Elle baissa les yeux. A quoi bon ? C'était sans espoir. Hunter Axon avait acheté l'usine. Quant à elle, elle serait bientôt au chômage. Bref, elle n'entrait pas plus dans sa catégorie sur le plan professionnel que sur le plan personnel.

Comment avait-elle pu croire qu'il l'écouterait ? Il se fichait pas mal de préserver une tradition séculaire et de sauver des centaines d'emplois. Tout ce qui comptait, à ses yeux, c'était l'argent.

— Hunter ? demanda Willa. Tout va bien ?

Cassie n'avait aucune envie d'entendre la réponse de Hunter. Elle partit avant qu'il ait pu parler.

En s'engageant dans l'allée, Cassie regarda la maison. La lampe du porche ne marchait plus depuis des mois, mais elle n'avait pas encore changé l'ampoule. Elle soupira. Il fallait qu'elle ajoute cela à sa liste de choses à faire.

Elle savait que sa grand-mère n'approuverait pas sa façon de tenir la maison. A cette époque de l'année, elle serait en plein nettoyage de printemps ; elle briquerait le sol et aérerait les tapis. Elle s'occuperait aussi du jardin, ramasserait les branches mortes, préparerait le sol à la plantation des bulbes.

Cassie, elle, n'avait rien fait de tout cela. Elle en avait eu l'intention, vraiment, mais à force de réunions avec ses collègues pour monter des stratégies de défense de l'usine, ces dernières semaines étaient passées à toute vitesse.

Du moins était-ce son excuse. Car quoique travailleuse, elle n'était pas très bonne ménagère.

— Toi qui aimes tant ce qui est beau, comment peux-tu être aussi désordonnée ? lui avait dit un jour sa grand-mère exaspérée.

Alors Cassie avait essayé. Mais cela n'avait pas servi à grand-chose. Quand sa grand-mère observait que l'arrosoir que Cassie avait laissé dans le jardin était en train de rouiller, elle attrapait son appareil pour le photographier. Quand même un jour elle lui avait dit qu'une souris s'était installée dans le placard de la cuisine, elle avait passé toute la nuit avec son appareil, prête à appuyer sur le déclencheur.

Et sa grand-mère avait fini par renoncer. Cassie, semblait-il, était condamnée à faire du pain qui ne levait pas, de la sauce tomate aigre et des biscuits durs comme de la pierre. Pourtant, malgré son peu de don pour les travaux ménagers, sa grand-mère était fière d'elle.

Elle avait fait beaucoup d'heures supplémentaires pour lui offrir un appareil photo. Elle emplissait la maison de ses clichés, les accrochait aux murs comme de véritables œuvres d'art. Et lorsque Cassie avait décroché une bourse pour aller à l'université, sa grand-mère lui avait dit qu'elle avait fait d'elle la plus heureuse des femmes.

Elle avait été consternée de la voir quitter l'université pour revenir s'occuper d'elle.

« Je vais bien, avait-elle assuré. Ne sois pas ridicule. »

Mais Cassie savait bien que ce n'était pas vrai. Les femmes de l'usine lui avaient parlé de ses évanouissements et de ses terribles maux de tête. Elles lui avaient dit craindre que ses jours fussent comptés.

Elle était donc revenue. Cette fois, cependant, tout avait été différent. C'était elle qui s'occupait de sa grand-mère et non l'inverse. Elle tenait aussi la maison de son mieux. Elle avait été heureuse de pouvoir le faire. Elle aimait sa grand-mère plus que tout au monde et sa mort l'avait laissée triste, et seule. Elle doutait de jamais se remettre de sa perte.

Elle sortit de la voiture la boîte de glace qu'elle avait achetée à l'épicerie du coin dans l'intention d'y puiser l'énergie, d'oublier les soucis de cette difficile semaine.

Du coin de l'œil, elle aperçut une ombre. Elle se figea. Même si Shanville était une ville si sûre que presque personne ne se donnait la peine de fermer sa porte à clé, il pouvait toujours y avoir des exceptions.

Elle retourna à sa voiture et posa la main sur la poignée de la portière.

— Qui est là ? demanda-t-elle. Qui êtes-vous ?

Une silhouette grande et sombre apparut au clair de lune.

— Il faut que nous parlions.

Son cœur fit un bond dans sa poitrine quand elle reconnut Hunter Axon. Elle se sentit comme paralysée.

— C'est la seconde fois que tu disparais, observa-t-il en s'approchant.

Il s'arrêta devant elle, si près qu'il la touchait presque.

Elle se força à détourner les yeux pour rompre le charme.

— Qu'est-ce que tu fais là ? demanda-t-elle en se dirigeant vers la maison.

— Ne t'en vas pas, Cassie, lui enjoignit-il en la rattrapant. Tu t'es donné beaucoup de mal pour me parler. Je suis là, maintenant, alors je te suggère d'en profiter.

Elle s'arrêta et le regarda. Cela changerait-il quelque chose ? Sans doute pas. N'empêche, elle devait à ses amis de tout tenter. Mais cela les aiderait-il, ou leur ferait-il du mal ?

— J'aimerais bien te parler, dit-elle, mais je ne peux pas.

— Je ne comprends pas. Tu y tenais tellement que tu es venue jusqu'aux Bahamas pour me rencontrer !

— C'était avant…

Elle laissa sa phrase en suspens.

— Avant notre nuit ensemble ?

— Non, répondit-elle en le regardant droit dans les yeux. Avant que j'apprenne que, en te parlant, je risquais de faire perdre leurs indemnités de licenciement à tous les employés.

— Quoi ? fit-il, visiblement surpris.

— Willa m'a dit que je ne te convaincrais pas et que, de toute façon, si j'essayais de te parler, elle supprimerait les indemnités de tout le monde.

— Il est arrivé que je sois contraint de supprimer les indemnités de certains, reconnut-il en soutenant son regard, mais ce n'est jamais une chose que je fais avec plaisir.

Etait-ce censé la réconforter ?

— Je te donne ma parole que rien de ce que tu pourras me dire ce soir ne sera retenu contre toi ni contre tes amis.

Il la fixait intensément, avec un mélange de froideur et d'honnêteté.

— Je t'en prie, ajouta-t-il. J'aimerais avoir une chance de te parler.

— D'accord, finit-elle par s'entendre répondre.

Il la suivit à l'intérieur.

— Je pense que tu sais ce que je vais te dire, fit-elle en allumant la lumière de l'entrée.

— Pouvons-nous nous asseoir quelque part ? demanda-t-il.

S'asseoir ? Effectivement, c'était une bonne idée.

— Là, dit-elle en désignant le salon.

Elle ôta une pile de journaux du canapé pour lui faire de la place. Puis elle courut dans la cuisine mettre la glace au congélateur. Quand elle revint, il contemplait une série de photos d'une fleur en train de s'ouvrir.

— C'est toi qui les as prises ? voulut-il savoir.

— Il y a longtemps, répondit-elle en hochant la tête.

— Et celle-ci ? demanda-t-il en s'approchant du cliché suivant qui représentait un tournesol.

— Ma grand-mère voulait des photos de fleurs dans cette pièce, expliqua-t-elle.

— Je la comprends, c'est magnifique. Tu as beaucoup de talent.

— Merci.

— C'est dommage de ne pas exploiter ce don. Tu pourrais être professionnelle.

— Mais ce n'est pas le cas, répliqua-t-elle sèchement.

Il n'était pas question qu'elle cède à la flatterie. Si ce compliment lui faisait plaisir, elle ne le croyait pas vraiment sincère. Elle savait Hunter Axon capable de déployer beaucoup de charme si nécessaire.

— Ta grand-mère n'était pas contente que tu quittes l'université, n'est-ce pas ?

Elle le regarda sans répondre.

— J'ai fait quelques recherches sur toi, aujourd'hui.

Des recherches ? Il se posait des questions à son sujet ?

— En toute discrétion, bien sûr, précisa-t-il.

Bien sûr. Elle pressentait que Hunter faisait preuve de la plus grande discrétion s'agissant des femmes qui passaient dans sa vie. De toutes les femmes qui passaient dans sa vie. Des centaines et des centaines de femmes...

Qu'est-ce qui lui prenait ? Qu'est-ce que cela pouvait lui faire de savoir avec combien de femmes il avait couché ?

— Assieds-toi, je t'en prie, proposa-t-elle.

— Jolie pièce, nota-t-il en se posant au bord du canapé.

Se moquait-il d'elle ? Sans avoir rien d'exceptionnel, le salon était confortable et cosy.

— Ma grand-mère l'a décorée il y a quarante ans ; je crois que pas grand-chose n'a changé depuis.

Il la regardait. Il l'avait déjà regardée ainsi, aux Bahamas, avec cette tendresse que l'on réservait d'ordinaire à sa petite amie, à son amante.

— Ce doit être dur, de vivre ici sans elle, devina-t-il.

Elle ne savait pas trop s'il était sincère ou non. Curieusement, cela ne semblait pas avoir d'importance. Elle sentit fondre la glace autour de son cœur.

— Oui, reconnut-elle.

« Reprends-toi », se dit-elle. Il ne s'agissait pas d'une conversation amicale. Il fallait rester lucide.

— Cela dit, ajouta-t-elle, je suis heureuse qu'elle ne soit pas là pour voir ce que tu fais à tous ces gens qu'elle aimait tant.

Hunter détourna les yeux en soupirant.

— Cassie, dit-il calmement. Tu ne m'as pas caché ce que tu pensais de mes projets. Mais tu n'as rien dit de ce qui s'était passé aux Bahamas.

Elle se redressa. Tenait-il vraiment à en parler ? Que craignait-il ? Qu'elle ne le lâche plus maintenant qu'elle savait qui il était ? Qu'elle prétende être enceinte de lui ?

— Qu'y a-t-il à en dire ? C'est une étrange histoire, une erreur sur la personne, un drôle de coup du destin.

Il soupira de nouveau.

— Je n'avais pas prévu tout cela., reprit-il. Si j'avais su qui tu étais…

Il s'interrompit. De toute façon, songea Cassie, il n'avait pas besoin de finir. S'il était venu jusqu'ici pour lui dire qu'il n'aurait pas couché avec elle s'il avait su qui elle était, il perdait son temps.

— Evidemment, repartit-elle d'une voix glaciale. Si tu avais su qui j'étais, et réciproquement, il ne se serait rien passé.

— Je n'ai pas dit cela. J'ai dit que je n'avais pas prévu tout cela, mais pas que j'avais des regrets, ni que si j'avais su qui tu étais aux Bahamas, j'aurais agi différemment.

Elle ne dit rien. Si elle s'attendait à cela !

Il s'approcha et lui prit la main.

— Je t'ai cherchée partout. J'ai fait appeler tous les hôtels.

— Pourquoi ?

— Parce que j'avais envie… J'avais besoin de te revoir.

— Tu… tu avais envie de me revoir ?

— Et je t'ai trouvée. Là où je m'y attendais le moins.

Comme en un fondu enchaîné, ils se trouvèrent de nouveau aux Bahamas. Il n'était plus Hunter Axon, mais son prince charmant.

Hélas, c'était un rêve. Elle lui lâcha la main.

— Tu devrais y aller.

Il la regarda longuement avant de répondre.

— J'avais espéré que nous pourrions peut-être…

— Que nous pourrions quoi ? coupa-t-elle en secouant la tête. Même si tu n'achetais pas l'usine, tu serais toujours Hunter Axon et je serais toujours une ouvrière. Mais comme tu es Hunter…

— Qu'est-ce que cela change ?

— Cela change tout. A cause de toi, je vais bientôt être une ouvrière au chômage.

— Grâce aux indemnités, tu pourras reprendre tes études et devenir photographe.

— Je ne veux pas reprendre mes études, rétorqua-t-elle en secouant la tête.

Comment pourrait-il comprendre ?

— J'ai été élevée ici, à la fabrique. J'y ai vu travailler ma mère et ma grand-mère. Je me souviens de leurs doigts volant sur le métier. Elles travaillaient ensemble et créaient de véritables chefs d'œuvre. Il fut un temps où j'avais envie de m'en aller. Je me suis mise à la photo

71

et je suis partie à l'université. Et puis…, je suis revenue. Je n'ai jamais regretté ma décision. J'aime appartenir à l'histoire de la communauté et perpétuer la tradition familiale du tissage. J'en suis fière.

— Je n'ai pas dit que tu n'avais pas à être fière de ton travail. Seulement, tu pourrais peut-être voir les choses sous un autre angle. C'est peut-être l'occasion pour toi d'un changement de carrière.

— Je ne veux pas changer de carrière. Je veux rester ici, au tissage.

— Sauf que le tissage n'a pas les moyens de rester ouvert. J'ai étudié les comptes, la société ne fait plus de bénéfices depuis des années.

— Elle aurait pu en faire, si Oliver s'était servi du brevet Bodyguard.

— Pas forcément. Je ne suis pas sûr que l'usine soit en mesure d'assurer la fabrication du tissu breveté. Et encore moins de financer le marketing. Ce brevet est un pari qu'elle n'est pas en mesure de soutenir financièrement.

Cassie se détourna. Il avait raison, mais elle n'était pas prête à s'avouer vaincue. Il devait bien exister un moyen de sauver le tissage.

— Tu n'es pas sans savoir que l'usine avait de gros problèmes financiers, conclut-il.

— Elle était mal gérée, répliqua-t-elle en se tournant de nouveau vers lui. Oliver Demion a réussi à couler une entreprise qui, autrefois, faisait des bénéfices. Il se payait un énorme salaire et s'est permis de traiter par-dessus la jambe certains de nos plus gros clients. Et il n'a jamais fait de marketing ni de publicité. Je sais que, bien gérée, l'usine pourrait de nouveau gagner de l'argent.

— Je suis désolé, Cassie.

— Alors c'est tout. Tu as pris ta décision. Tu vas fermer Demion Mills.

— Il s'écoulera plusieurs mois avant la délocalisation. A ce moment-là, tu recevras des indemnités généreuses.

— S'il te plaît, va-t'en.

— Très bien, concéda-t-il visiblement contrarié. Mais avant…

Il s'approcha d'elle. Un instant, elle crut qu'il allait lui donner un dernier baiser. Au lieu de quoi il plongea la main dans sa poche et en ressortit le collier de Cassie.

— Tu l'as trouvé ! Il était à ma mère. Je ne l'enlève jamais. Le fermoir s'est cassé il y a un petit moment et je l'ai bricolé, mais… tu l'as réparé !

En effet, un fermoir tout neuf étincelait dans la lumière.

— Merci, conclut-elle en l'examinant.

Ce fut un moment de tendresse. Elle voulut remettre le collier.

— Laisse-moi t'aider, pria-t-il.

Avant qu'elle ait pu protester, il était derrière elle. Le frôlement de ses doigts sur sa nuque fit courir un frisson le long de la colonne vertébrale de Cassie. Elle ferma les yeux et sentit sa volonté faiblir. Peut-être avaient-ils encore une chance. Peut-être pouvait-elle encore lui faire entendre raison.

— Tu ne peux pas fermer l'usine, dit-elle en lui faisant face.

— C'est pourtant ce que je dois faire, Cassie.

— Cela va tuer la ville. Je pense que tu t'en fiches, mais les gens… Ils ont travaillé au tissage toute leur vie. Ils ne connaissent rien d'autre.

— C'est sans doute pourquoi ils sont restés. Je ne les lâche pas sans rien. L'usine va rester ouverte un moment et avec les indemnités de licenciement, ils vont avoir le temps de trouver un autre…

— Même si tu as raison, même s'ils peuvent trouver un autre emploi, qu'est-ce qui te dit qu'ils en ont envie ?

Le regard de Hunter sur elle se durcit. Hélas, il n'en était que plus beau.

— Crois-tu que l'on fasse toujours ce que l'on a envie ? C'est la réalité, Cassie. Et si ce n'était pas moi, Oliver Demion aurait vendu à quelqu'un d'autre. Quelqu'un de peut-être moins généreux.

Il fit un pas vers elle et lui caressa la joue.

Elle se figea. L'heure n'était pas à ce genre de choses. Elle prit une profonde inspiration avant de demander :

— Et les gens qui ne trouveront pas d'autre emploi ?

— Comment cela ?

— Les gens comme Ruby Myers qui travaille au tissage depuis quarante ans. Si l'usine ferme, que deviendra-t-elle ?

— Elle bénéficiera de l'aide sociale en plus des indemnités de licenciement.

— Cela ne suffit pas, rétorqua Cassie en reculant pour s'éloigner de lui. Et puis il y a ceux qui ne peuvent pas quitter la ville : Frances Wells qui soigne son mari malade, Xavier Scott, Miranda Peters, Richard Smith…

— Peut-être pouvons-nous réviser les indemnités, leur donner plus d'argent.

— C'est très généreux de ta part, mais négocier des indemnités ne m'intéresse pas.

— Alors que suggères-tu, au juste ?

— Revends-nous l'usine.

— Tu es prête à me faire une offre ?

Elle se détourna. Elle avait approché plusieurs banques depuis qu'elle avait découvert qu'Oliver vendait l'usine. Aucune n'avait accepté de consentir un prêt aux ouvriers.

— Alors que veux-tu donc ? dit-il si froidement qu'elle craignit d'être allée trop loin et d'avoir fait perdre leurs indemnités à ses amis. Je suis un financier. Je ne mélange pas le business et les œuvres caritatives. Je n'ai pas l'habitude de gaspiller ce que j'ai chèrement acquis. Ni de financer des entreprises qui n'ont pas dégagé de bénéfices depuis des années.

Elle hocha la tête. C'était sans espoir. Il ne changerait pas d'avis.

— Eh bien, au revoir, monsieur Axon.

Il soupira.

— Demande-toi une chose, Cassie. Qu'adviendrait-il de toi et de tous tes amis si je vous vendais l'usine et que vous étiez forcés de déposer le bilan ? Imagine. Pas d'indemnités de licenciement. Pas de préavis ni de derniers mois de salaire. Rien.

— Nous n'aurons pas l'occasion d'en faire l'expérience, de toute façon.

Il lui jeta un dernier regard avant de tourner les talons. Mais alors qu'il se dirigeait vers la porte, il s'arrêta.

Cassie vit qu'il regardait la photo qu'elle avait prise de lui sur la plage et qui était posée sur la table. Elle l'avait développée dès son retour, en souvenir du mystérieux inconnu à qui elle avait donné son cœur.

Il se retourna. Un instant, elle crut qu'il allait parler. Au lieu de quoi il sortit.

Cassie courut à la porte et se pencha à l'extérieur.

— Hunter ! appela-t-elle. Merci de m'avoir ouvert les yeux. Je sais à présent qui tu es. Vraiment.

Et elle claqua la porte.

6.

« Ouvriers en grève » inscrivit Cassie.

— Tiens, Mabel, dit-elle en tendant le panneau à la femme aux cheveux gris qui attendait devant elle. Va rejoindre les autres.

Il faisait froid et il bruinait, comme souvent au début du printemps. Un vent glacé fouettait la ville et frigorifiait les plus résistants. Mais personne n'y prenait garde. Il y avait plus important.

Après le départ de Hunter, Cassie avait téléphoné à un maximum de gens pour leur dire que Hunter Axon refusait de les écouter et qu'il fallait agir au plus vite.

Mais comment ?

La secrétaire d'Oliver lui avait rapporté avoir entendu Willa dire à ce dernier que, comme l'usine en Chine ne serait pas opérationnelle avant plusieurs mois, elle comptait sur Demion Mills pour commencer la production d'échantillons de Bodyguard afin qu'ils puissent livrer à temps.

En d'autres termes, Hunter avait besoin d'eux, au moins provisoirement.

C'était leur seule chance.

Une grève lui ferait peut-être accepter la négociation. Bien entendu, un homme comme lui trouverait le moyen de contourner l'obstacle, mais cela lui compliquerait la tâche.

Elle regarda la foule en souriant. Elle avait prévenu tous ceux qu'elle avait appelés des risques encourus. Malgré cela, ils s'étaient tous joints à la grève avec enthousiasme. Courageux et déterminés, ils ne voulaient pas que les tissages tombent aux mains d'un homme décidé à les brader.

Et si Hunter Axon croyait qu'ils allaient se laisser faire, il se trompait.

Hunter avait quitté Cassie avec une seule idée en tête : la faire sienne de nouveau.

Oh, une simple étreinte ne suffirait pas à étancher sa soif. Chaque jour, il avait un peu plus besoin d'elle, et ce besoin était au centre de toutes ses pensées.

Leur nuit d'amour avait creusé en lui un manque, un vide difficile à combler. La retrouver avait été miraculeux, mais leurs retrouvailles n'avaient pas été à la hauteur de ses espérances, loin de là. Au lieu de lui tomber dans les bras, elle semblait vouloir lui faire quitter la ville enduit de goudron et de plumes.

Une fois de plus, il se prit à songer à ce qui s'était passé la veille au soir. Au lieu de s'aimer, ils s'étaient querellés à propos de cette fichue usine.

Certes, sa réaction n'avait rien d'étonnant. Il avait souvent rencontré des employés prêts à lui faire des offres désespérées pour tenter de sauver leur entreprise. Après tout c'était de bonne guerre et il les comprenait, même s'il passait pour un *raider* insensible qui profitait du malheur des autres.

Quelquefois, du reste, il s'était interrogé. Avait-il raison de se plier à la seule loi des chiffres ?

Hélas, il savait bien que oui. On ne dirigeait pas un empire financier avec de bons sentiments. Après tout, les entreprises qu'il rachetait n'étaient pas florissantes et elles auraient disparu tôt ou tard. Lui, au contraire, trouvait une solution adaptée aux problèmes qu'elles rencontraient et les absorbait au sein d'Axon Enterprises où elles devenaient partie prenante d'un ensemble qui gagnait de l'argent.

C'était la seule façon de procéder. Et la plupart du temps, les employés finissaient par s'en rendre compte et accepter ce pis-aller.

Tôt ou tard, Cassie le comprendrait aussi. En attendant, il fallait qu'il la reconquière. Et qu'il lui fasse oublier ce qui les séparait.

Mais comment ? Elle lui avait clairement fait comprendre sa position la veille au soir. Elle ne s'intéresserait à lui que s'il révisait ses projets pour le tissage.

Ce qui n'était pas envisageable.

Il fallait la convaincre que le rachat était de loin ce qui pouvait arriver de mieux pour l'usine. Ensuite, ils pourraient reprendre leur histoire là où ils en étaient restés aux Bahamas. Une fois de plus, il se rappela ce qu'il avait ressenti quand elle reposait, douce et tiède, tout contre lui.

Des fleurs. Oui, il allait commencer par des fleurs. Une douzaine de roses chaque jour et…

En se garant sur le parking, il avisa des gens qui agitaient des pancartes devant l'usine. En sortant de sa voiture, il découvrit Willa et Oliver qui, côte à côte, regardaient les manifestants.

— Je n'en crois pas mes yeux ! s'exclama Oliver.

— Que se passe-t-il ?

— Ils font la grève, expliqua Willa.

— Qu'est-ce que ça peut nous faire ? jeta Oliver. De toute façon, nous délocalisons la production en Chine.

Il sourit à Willa qui ne lui rendit pas son sourire.

— Cela peut être dramatique, au contraire, répliqua-t-elle. Il faut absolument que cette usine continue de marcher jusqu'à ce que la Chine soit opérationnelle.

— Alors que fait-on ?

— Convoquez immédiatement les organisateurs, dit Hunter à Willa

Sur quoi il se dirigea vers l'usine.

Si ces gens croyaient qu'il allait se laisser abattre par une grève, ils se trompaient. Et s'ils voulaient la guerre, ils allaient l'avoir. Il avait fini d'être gentil.

Cassie dégustait un chocolat chaud fumant. Elle avait aperçu Hunter. Son air mécontent avait suffi à la faire sourire. Il découvrait que les artisans qui travaillaient au tissage étaient un peu plus durs et mieux organisés qu'il ne le croyait.

— Regarde qui arrive, dit Ruby.

Cassie se retourna. Willa venait vers elles, les lèvres figées en un rictus. Les gens s'écartaient sur son passage, mais elle ne leur prêtait pas attention. C'était Cassie qu'elle visait.

Celle-ci se leva et prit une profonde inspiration comme pour se préparer à la bagarre. Willa s'arrêta devant elle.

— Cassie, je peux vous parler une minute ?

Elle hocha la tête et tendit sa tasse à Ruby qui la prit avec un hochement de tête d'encouragement. Puis elle suivit Willa à l'intérieur du bâtiment vide. Elles marchèrent en silence jusqu'à la cafétéria.

— Je crois que vous me devez des excuses, déclara Willa.

— Nous avons été obligés d'en venir à la grève, se défendit-elle. J'ai essayé de vous parler.

— Je ne parle pas de la grève. Je parle d'hier soir.

Cassie avait quitté la réception très vite après sa confrontation avec Hunter.

— Franchement, Cassie, j'ai presque envie de vous renvoyer sur-le-champ. Comment avez-vous osé harceler le gouverneur ?

Cassie ne baissa pas les yeux. Elle n'avait pas peur d'elle.

Willa haussa un sourcil.

— Ne commettez pas l'erreur de croire que votre… relation avec Hunter vous protégera.

Elle avala sa salive. Hunter s'était-il confié à Willa ?

— Je n'ai pas de relation avec M. Axon, affirma-t-elle.

Elle ne mentait pas. On pouvait difficilement qualifier une aventure d'un soir de relation.

— Vous n'êtes pas maligne. Quoi que vous fassiez ou ne fassiez pas avec lui, à long terme, cela ne changera rien. Vous comprenez ?

— A vrai dire, ce n'est pas le problème.

— Hunter Axon est le genre d'homme qui prend les femmes et les jette aussitôt. Peut-être l'intriguez-vous, mais cela s'arrêtera dès que vous vous mêlerez de ses affaires. Si vous voulez décrocher le gros lot, je vous conseille de cesser de contrarier ses projets.

— Vous vous trompez sur l'intérêt que je porte à M. Axon, répliqua Cassie d'une voix qu'elle voulait assurée. Je veux sauver cette usine, et je ferai tout mon possible pour y arriver.

— Même donner votre virginité à Hunter ?

— Pardon ?

Comment Willa était-elle au courant ? Comment Hunter avait-il pu lui confier un secret aussi intime ?

— A en croire Oliver, il paraît que vous l'avez conservée farouchement pendant toutes ces longues années…

Oliver. C'était Oliver qui lui avait dit qu'elle était vierge. Pas Hunter.

— J'en ai assez entendu, jeta-t-elle en tournant les talons.

Mais Willa l'arrêta d'une phrase assassine.

— Vos amis connaissent-ils vos sentiments pour l'homme qui détruit leur entreprise ?

— Je vous l'ai dit, Willa, vous vous trompez.

Une fois de plus, elle se rappela que l'homme qui lui avait pris son cœur était un personnage de fiction, un produit de son imagination. Il ne ressemblait en rien à Hunter Axon.

— Peut-être, concéda Willa en la scrutant. Mais j'en doute. Je ne me trompe jamais.

Cassie détourna le regard. Elle aurait voulu répondre quelque chose, mais quoi ?

— Il n'aura jamais rien à faire de vous, conclut Willa. D'autres femmes ont essayé, comme vous, d'attirer son attention. Elles n'ont réussi qu'à l'irriter. Hunter n'aime pas qu'on le distraie de sa mission.

— Parce qu'il a une mission ? Quelle mission ?

Willa sourit.

— Gagner de l'argent, bien sûr.

Hunter avait pris une décision. Il allait annuler une semaine d'indemnités par heure de grève. Il suffirait d'une journée pour qu'une personne ayant travaillé ici huit ans se retrouve sans rien.

Il s'agissait d'une mesure drastique, mais nécessaire. Il n'avait pas les moyens de jouer à ce genre de jeu.

Willa entra sans frapper.

— Que demandent-ils ?

Il releva ses manches.

— Voici leur porte-parole, annonça-t-elle d'un air satisfait. Elle va pouvoir vous le dire elle-même.

Elle s'écarta en faisant un grand geste de la main.

Cassie apparut.

Hunter eut un imperceptible tressaillement.

Elle se tenait immobile, les bras croisés, le regard étincelant de défi. Un bandana noué sur sa tête retenait ses beaux cheveux auburn. Elle portait une grande chemise de flanelle aux manches retroussées et un vieux jean.

Jamais il ne s'était senti aussi démuni face à un adversaire. Et jamais il n'avait vu une femme aussi belle.

— Vous ? s'entendit-il dire.

— Elle a passé la soirée au téléphone à organiser la grève avec les ouvriers. Selon Oliver, ce genre de chose ne s'est jamais produit auparavant.

— Pourquoi ? demanda-t-il sans quitter Cassie des yeux.

Elle se redressa.

— Nous n'allons pas laisser condamner l'usine sans nous battre.

— Ce n'est pas moi qui ai condamné l'usine. Ce sont les Demion.

— C'est vous le propriétaire, non ?

Ses yeux verts lançaient des étincelles.

Il la regarda et sentit fondre sa résolution. Comment pourrait-il lui dire qu'il supprimait ses indemnités ? Comment pourrait-il lui faire du mal ?

Force lui était d'admirer son cran. Mais qu'espérait-elle obtenir ? L'usine fermerait dans quelques mois. En attendant, s'ils refusaient de reprendre le travail, il pourrait toujours amener ici d'autres ouvriers. Enfin, peut-être pas. Il ne s'agissait pas d'une usine comme les autres. Le tissage demandait un certain savoir-faire. Où trouverait-il des artisans qualifiés pour travailler sur ces métiers anciens ?

Il s'interrompit. N'était-il pas en train de plaider la cause de Cassie ? Ses sentiments personnels n'étaient-ils pas en train d'affecter ses décisions professionnelles ?

Si, hélas. Et il devait absolument se reprendre. N'importe qui d'autre qui se serait présenté devant lui avec une telle audace aurait déjà été congédié avec un ultimatum !

— C'est ridicule, dit Willa. Vous faites perdre son temps à M. Axon.

Il leva une main pour la faire taire.

— Que voulez-vous ? demanda-t-il à Cassie.

— Renoncez à délocaliser. Laissez-nous nos emplois.

Il secoua la tête. Il aurait peut-être accepté de verser des indemnités plus importantes. Mais croyait-elle vraiment qu'il renoncerait aussi facilement à ses projets ?

— C'est impossible.

— Alors vendez-nous l'usine.

— Quoi ? s'écria Willa.

— Vous avez trouvé une banque pour financer le rachat ?

— Nous en trouverons une, assura-t-elle en détournant les yeux. Il suffit que vous attendiez un peu, et nous vous rembourserons.

Willa éclata d'un rire strident.

— Que croyez-vous ? Axon Enterprises n'est pas une banque.

— Quelle différence ? Il n'y a que l'argent qui vous intéresse. Ce n'est pas juste, poursuivit Cassie en braquant sur Hunter un regard brûlant de reproche. Diriger un tissage ne vous intéresse pas et vous n'appréciez même pas le travail que nous faisons.

— Là n'est pas la question. J'ai acheté cette entreprise. Et c'est à moi de savoir ce que je dois en faire.

— La seule chose que vous voulez, c'est le brevet Bodyguard. Eh bien prenez-le, mais rendez-nous l'usine.

— Vous vendre l'usine et garder le brevet ?

— Exactement. Vous pourrez fabriquer Bodyguard en Chine et nous, nous resterons ici à faire de beaux tissus.

Il soupira. Il avait de la peine pour elle, et il aurait sincèrement voulu l'aider. Mais même avec la meilleure volonté du monde, les ouvriers ne parviendraient pas à maintenir l'usine à flot.

— Comment ferez-vous ? Le tissage est au bord de la faillite.

— Nous courrons le risque.

Oliver apparut sur le pas de la porte. Il sembla surpris de la trouver là.

— Cassie, qu'est ce que tu fais là ?

— Je parle à ton nouveau patron.

Il la prit par le bras.

— Pourquoi me fais-tu ça, à moi ?

Hunter se sentit bouillir en voyant un autre homme toucher Cassie. Il se retint pour ne pas lui ordonner de la lâcher.

— Laissez-la parler, dit-il à la place, d'un ton sans réplique.

Cassie dégagea son bras de l'étreinte d'Oliver.

— Nous n'abdiquerons pas sans nous être battus, déclara-t-elle en regardant Hunter dans les yeux. Nous ne nous remettrons pas au travail tant que vous n'aurez pas accédé à notre demande.

Hunter n'aimait pas les menaces.

— Je peux amener d'autres gens pour faire votre travail.

— Cela prendra du temps. Or nous avons cru comprendre que vous en manquiez.

En d'autres circonstances, il aurait été furieux. Il ne négociait pas avec des ouvriers au bord du chômage. Mais la frustration que lui procurait cette situation ne semblait qu'alimenter son désir pour Cassie.

Elle croisa les bras d'un air de défi.

— Et nous ne nous en tiendrons pas à une grève, prévint-elle. Nous avertirons les médias, nous écrirons aux hommes politiques…

— Pff ! Vous croyez qu'ils vont s'intéresser à la vieille petite usine d'un trou perdu ?

— Je n'abandonnerai pas tant que vous ne m'aurez pas écoutée, dit Cassie à Hunter. Je ne réussirai peut-être pas, mais je pourrai vous rendre les choses très difficiles.

— Comment osez-vous menacer M. Axon comme cela ? s'indigna Willa. Je vous prie d'excuser son insolence, ajouta-t-elle à l'adresse de Hunter. Je vous propose de régler moi-même cette petite insurrection.

— Vous voulez bien me laisser un instant seul avec Cassie ? la pria-t-il.

— Je pense que cela créerait un précédent fâcheux. Si vous cédez à ces demandes ridicules, cela risque de nous compliquer la tâche à l'avenir.

— Je me charge de Cassie, insista-t-il les dents serrées.

— En ce cas…, concéda Willa, folle de rage. Bien sûr, Hunter. Allez, viens, Oliver.

Après leur départ, Hunter s'approcha de Cassie.

— Assieds-toi.

— Non, merci.

— Je ne te le propose pas, je te le demande.

— Merci de la précision, mais j'avais bien compris.

— Je n'en suis pas tout à fait sûr. Cela n'a rien de personnel, Cassie. Que cela te plaise ou non, je suis ton patron. Et tu me coûtes de l'argent.

— Tu n'as qu'à me renvoyer.

— Si je pensais que cela résoudrait quoi que ce soit, c'est ce que je ferais. Mais je ne veux pas renoncer au peu de contrôle dont je dispose.

Cette fois, ce fut elle qui avança vers lui, furieuse.

— Tu ne me fais pas peur. Tu ne peux pas me contrôler.

C'était ni plus ni moins un défi. Mais quand il plongea les yeux dans ceux, verts et froids, de Cassie, une fois de plus, sa colère céda la place à la passion. Elle se trompait. Il ne contrôlait peut-être pas son esprit, mais il pouvait contrôler son corps. Il l'avait déjà fait et rêvait de recommencer. Il voulait la prendre dans ses bras, la faire soupirer de plaisir et brûler de désir.

Il avala sa salive et se força à se détourner.

— Je vois. Que proposes-tu ?

— Quoi ?

— Tu es la médiatrice, non ? Puisque vous voulez acheter cette usine, dis à tes amis de me faire une offre.

— Tu serais prêt à l'examiner ?

— Je serai prêt à tout examiner.

Elle recula d'un pas et détourna le regard. Mais pas assez vite. Hunter y avait lu la surprise. Elle ne s'était pas attendue à ce qu'il négocie.

— Il faut que j'en parle avec mes collègues.

— Je te donne vingt-quatre heures. Tu pourras présenter ta proposition à mon conseil d'administration.

— Demain ?

Il crut sentir une note de panique dans sa voix.

— Oui.

— Les membres viennent ici ?

— Non. C'est toi qui devras aller les trouver.

— Où cela ?

— Aux Bahamas.

Elle pâlit, trahissant son désespoir. En temps normal, il aimait voir un adversaire au supplice. Pas cette fois. Il avait envie de la réconforter.

— Sois à l'aéroport demain à midi. Mon avion t'attendra.

Elle se racla la gorge.

— Nous y allons ensemble ?

— Non. Je pars d'un moment à l'autre. Après tout, je n'ai pas de raison de rester. Sauf si…

— Sauf si quoi ?

— Sauf si tu en avais envie.

Il l'enveloppa du regard, douloureusement ému par sa beauté.

Elle avala sa salive et porta une main autour de son con comme pour s'assurer que sa chemise était bien fermée.

— Ce n'est pas le cas.

— Très bien, dit-il en allant lui ouvrir la porte. A demain.

En sortant, elle lui frôla involontairement le bras. Après avoir refermé la porte, il sourit. Pour un peu, il aurait été prêt à lui céder l'usine en échange d'une nuit de passion.

7

Quand Cassie atterrit à Nassau, il était près de 18 heures. L'hôtesse la fit descendre de l'avion et la conduisit jusqu'à la limousine qui l'attendait.

En marchant sur le tarmac, elle se prit à secouer la tête. Elle, Cassie Edwards, dont le carrosse habituel peinait à démarrer chaque matin, voyageant en avion privé et en limousine ? Cela semblait irréel.

Quelle impression cela faisait-il d'être aussi riche que Hunter Axon ? Elle savait que, selon certains, on n'avait jamais trop d'argent ; elle n'était pas de cet avis. Pour quelques malheureux, l'argent était comme une drogue, un besoin toxique et tout-puissant. Plus ils en avaient, plus il leur en fallait.

Oliver était de ceux-là. Il était l'homme le plus riche de Shanville, et menait une vie dont beaucoup rêvaient. Mais cela ne lui avait pas suffi. A cette cupidité il avait sacrifié son entreprise, sa ville et les gens qui l'aimaient. Un jour, il le regretterait, elle en était sûre, et il finirait par se rendre compte que tout l'or du monde ne pouvait pas lui acheter le bonheur.

Malgré elle, elle songea à Hunter. Lui aussi courait derrière l'argent. Pourtant il était riche. C'était même, sans doute, l'un des hommes les plus riches du pays. Pour autant, était-il heureux ? Il pouvait avoir toutes les femmes qu'il voulait, ce qui suffirait sans doute à faire le bonheur de la plupart des hommes.

Elle se passa nerveusement la langue sur ses lèvres. Elle devait cesser de penser à Hunter sur un mode aussi personnel. C'était son patron, point final. Peu importait qu'il fût heureux ou non.

Elle monta dans la limousine et se présenta au chauffeur. Puis elle ouvrit son dossier et relut ses notes une dernière fois. Après une éreintante réunion de sept heures, les employés de Demion Mills s'étaient mis d'accord. Ils n'essaieraient pas de racheter le brevet. Ils n'en avaient pas les moyens. En revanche, ils offriraient à Hunter un prix plus que raisonnable pour le tissage. Cependant, tout dépendait de sa volonté de coopérer. Ils effectueraient le paiement en plusieurs fois, le forçant à endosser le rôle de la banque.

Elle savait que leur proposition n'était pas assez forte, mais ils n'avaient pas le choix. Aucune banque ne leur accorderait de prêt. Ils avaient leur maison pour seul bien, une maison qui ne vaudrait plus rien si l'usine fermait.

Alors pourquoi le conseil d'administration d'Axon Enterprises accepterait-il ?

Une fois de plus, elle remit en question leur décision de continuer. Hunter avait-il raison ? Ne feraient-ils pas mieux d'accepter les indemnités et de se taire ?

Peut-être. Mais Cassie ne pouvait se défaire de l'idée qu'ils avaient encore une chance de sauver leur entreprise. Car si elle avait entendu parler du caractère impitoyable de Hunter Axon, elle avait aussi découvert chez lui d'autres qualités. Elle ne pouvait s'empêcher de penser que sous cette apparence d'invulnérabilité se cachait un autre homme : celui qu'elle avait connu le soir de leur rencontre. Un homme sensible, protecteur et bon.

A moins que ses sentiments pour lui n'aient affecté sa perception ?

Elle répugnait à l'admettre, mais elle se sentait indissolublement liée à lui. Sans doute parce que c'était le premier homme avec qui elle avait fait l'amour et rien ne changerait jamais cela.

Le chauffeur ralentit. Cassie se rendit compte qu'ils n'étaient pas devant des bureaux, mais à l'entrée d'une propriété. Quand ils approchèrent, la grille de fer forgé s'ouvrit. Ils empruntèrent une longue allée courbe au bout de laquelle la maison se dressait, invisible de la route. De style espagnol un peu baroque, avec un jardin parfaitement tenu, elle était exactement comme Cassie l'avait imaginée.

Curieusement pourtant, au lieu de l'activité bourdonnante qui est souvent le propre de ces grandes demeures où s'affaire toute une cohorte de jardiniers et de femmes de chambre, l'endroit semblait calme et désert.

Cassie venait à peine de sortir de la limousine quand la porte d'entrée s'ouvrit. Au lieu d'un valet de chambre en livrée, une femme d'âge moyen vêtue d'un jean et d'un T-shirt sortit sur le perron en souriant.

— Entrez, dit-elle. M. Axon vous attend.

Cassie s'arrêta un instant dans la grande entrée aux murs ornés d'immenses tableaux. Un escalier qui semblait tout droit sorti d'un film s'enroulait gracieusement vers les étages.

Cassie suivit la femme le long d'une galerie baignée de lumière qui débouchait sur un vaste patio.

La vue était digne d'un magazine. Des hectares d'herbe verte luxuriante descendaient jusqu'à une plage de sable blanc. A droite, des lions de pierre gardaient une immense piscine.

Assis à la table de la véranda, Hunter était de dos.

Il tourna la tête quand elle s'approcha.

— Bonjour, monsieur.

Le terme de « monsieur » le fit sourire. Il se leva et lui tendit la main. Il ne semblait pas habillé pour une réunion de travail. Ses cheveux bruns, plaqués en arrière lors de sa venue à Shanville, bouclaient naturellement, et ses vêtements ressemblaient à ceux qu'il portait le soir de leur rencontre : une chemise et un pantalon de lin.

— Bonjour, mademoiselle.

Elle lui serra la main. Il la tint comme s'il n'avait pas l'intention de la libérer. D'ailleurs, une partie d'elle souhaitait qu'il ne la lâche pas. Elle se rappela à l'ordre —— il ne fallait surtout pas qu'elle perde sa mission de vue — et se dégagea.

— Où sont les autres ?

— Le conseil d'administration ?

Elle fit oui de la tête.

— J'avais espéré que nous pourrions les rejoindre aujourd'hui, mais compte tenu du retard de ton arrivée, j'ai reporté la réunion à demain.

Ce qui faisait toute la soirée à attendre. Mais aussi toute la nuit. Et elle n'avait pas réservé de chambre.

— Je me suis permis de te réserver une chambre dans un hôtel tout près d'ici, poursuivit-il fort à propos. Il est très confortable.

Et sûrement très cher, se dit-elle. Elle avait fait le tour des hôtels lors de sa dernière visite. Le Barter était de loin le plus abordable.

— Merci, mais je préfère celui où je suis descendue la dernière fois.

— Ah. S'agirait-il du Barter, par hasard ?

Elle hocha la tête. Comment le savait-il ?

— Il est fermé pour l'instant.

— Mais je viens d'y séjourner…

— Il est en travaux.

— Ah, fit-elle, déçue.

— Bien entendu, si tu veux passer la nuit ici, tu es la bienvenue. Il y a plusieurs chambres d'amis.

— Non, non. Merci.

Elle vit une lueur dans ses yeux. La taquinait-il ?

— Dans ce cas, déclara-t-il en jetant un coup d'œil à sa montre, je vais te raccompagner jusqu'à la voiture.

— Je dois partir… maintenant ?

Mais qu'est-ce qui lui prenait de réagir comme ça ? Si elle continuait, il allait croire qu'elle avait espéré passer la soirée avec lui. Eh bien oui, même s'il lui en coûtait de l'admettre, elle était déçue.

— Malheureusement, j'ai un dîner.

Un dîner ? Avec qui ?

Elle tenta d'ignorer la jalousie qui lui déchirait le cœur. A quoi s'attendait-elle ? Elle ne sortait pas avec lui. Elle n'avait fait que coucher avec lui. Une fois. Mais s'il avait un dîner, pourquoi l'invitait-il à passer la nuit chez lui ?

Etait-il du genre à sortir dîner avec une autre femme et à coucher avec Cassie en rentrant ?

— Je suis désolé, j'ai un engagement que je ne peux pas décommander.

— Je ne te demande rien, repartit-elle d'une voix glaciale.

Mais le fin vernis de sa colère ne parvenait pas à cacher la profondeur de son désespoir.

Allons, elle n'avait aucune raison de réagir ainsi. Et encore moins de se montrer possessive. Elle connaissait à peine Hunter.

Elle ravala ses émotions tandis qu'il la raccompagnait jusqu'à la limousine dont le chauffeur venait de lui ouvrir la portière.

— J'espère que ton séjour à l'hôtel te plaira. Tout est pris en charge, alors n'hésite pas à commander ce que tu veux au *room-service*.

— Ce n'est pas nécessaire. Je peux payer moi-même.

— Ma société a une suite à l'année dans cet hôtel, pour ses visiteurs. Nous n'en avons jamais fait payer un seul.

— Ah. Eh bien…, dans ce cas, merci.

— A demain matin, conclut-il en claquant la portière.

Quelques heures plus tard, assis sur sa terrasse, Hunter contemplait de nouveau l'horizon. Il secoua la tête en se rappelant l'expression de son contrôleur de gestion quand, en dînant, il lui avait annoncé qu'il envisageait de revendre l'usine aux ouvriers. Vous êtes fou ? s'était exclamé celui-ci, tout près de s'étrangler.

Hunter n'avait pas encore vu l'offre, mais il se doutait qu'elle ne serait pas assez alléchante pour convaincre son équipe : le risque était tel qu'aucune banque ne consentirait jamais à accorder un prêt substantiel aux employés.

Quand son contrôleur lui avait demandé pourquoi il envisageait une chose pareille, il avait été incapable de lui répondre. Comment lui avouer la vérité ? Comment lui révéler qu'il était fou d'une des femmes qui souhaitaient racheter l'usine ? Cela semblait ridicule. Il connaissait à peine Cassie.

Cette seule pensée suffit à le faire sourire. Il se rappela la façon dont elle était entrée dans son bureau, les bras croisés, son beau visage empreint d'un air de défi. Elle portait sa tenue de travail comme pour lui rappeler qui elle était : Cassie Edwards, ouvrière. Ce dont elle ne se rendait pas compte, c'était qu'il se moquait qu'elle soit photographe ou ouvrière. Ni les titres ni les vêtements élégants ne l'impressionnaient. Même la beauté physique ne le touchait que rarement. Son attirance pour elle reposait sur autre chose, un charme indéfinissable, une autre sorte de beauté. Un ensemble de qualités qui, réunies, faisaient d'elle la femme la plus fascinante qu'il eût jamais connue.

Etait-ce une raison pour lui donner ce qu'elle voulait ?

Non. Il savait que vendre l'usine aux ouvriers serait probablement une erreur. Toutefois, il fallait qu'il l'envisage. Car il ne supportait pas l'idée de décevoir Cassie — une femme que, pourtant, il connaissait à peine. Mais le jeu n'en valait-il pas la chandelle ?

Il lui fallait un autre avis. Alors demain, il allait présenter Cassie à son conseil d'administration. Et si ce dernier y était favorable, il lui donnerait ce qu'elle voulait, quel que soit leur avenir.

8.

Cassie chassa les miettes de pain de sa jupe et regarda par la vitre de la limousine. Le trac lui nouait tellement l'estomac qu'il lui avait été impossible d'avaler le copieux petit déjeuner qui lui avait été monté ce matin. Elle s'était contentée de quelques gorgées de café avant de sortir.

Elle avait à peine fermé l'œil de la nuit et elle était sûre que la fatigue se lisait sur son visage.

Elle avait toutes les raisons d'être nerveuse, d'ailleurs, car elle n'avait jamais fait ce genre de présentation.

Cependant, elle en avait conscience, la raison de son insomnie était autre. Elle répugnait à l'admettre mais elle ne cessait de penser à Hunter. Comment avait-il pu l'inviter à passer la nuit chez lui alors qu'il dînait avec une autre ?

Essayait-il de la rendre jalouse ? Elle en doutait. S'il ressentait quelque chose pour elle, c'était du désir. Point.

Et alors ? Leur aventure d'un soir s'était révélée n'être que cela. N'était-ce pas ce qu'elle avait voulu ?

Sauf qu'elle ne s'était pas attendue à le revoir. Elle s'était attendue à rentrer chez elle avec le beau souvenir d'un homme gentil et tendre. Et maintenant qu'elle savait qui il était…, eh bien le beau souvenir se changeait en honte cuisante. Et en sentiment de culpabilité. Au lieu de protéger ses amis de Hunter Axon, elle avait couché avec lui.

Pire, elle mourait d'envie de recommencer.

Etait-elle en train de devenir folle ?

La limousine s'arrêta à un feu rouge. Cassie regarda par la vitre et aperçut un oiseau au plumage coloré, comme elle n'en avait jamais vu.

Instinctivement, elle tendit la main vers son appareil. Pour la première fois, il n'était pas là. Elle ne l'avait pas emporté. Aujourd'hui, elle jouait les femmes d'affaires, et une femme d'affaires ne débarquait pas dans une réunion un appareil photo autour du cou.

Quand ils arrivèrent, la grille s'ouvrit et la limousine emprunta la longue allée. Le chauffeur se gara devant la maison et sortit lui ouvrir la portière.

Cassie descendit, le remercia et monta les marches, son épais dossier serré contre elle. Au moment où elle allait frapper, la même femme que la veille lui ouvrit, et la conduisit derrière la maison. Hunter était dehors, au téléphone.

Il n'était pas vêtu comme elle s'y attendait. Il portait la tenue la plus décontractée qu'elle lui ait vue jusque-là : un bermuda kaki et une chemise de lin à manches courtes.

Que se passait-il ?

— La réunion est-elle annulée ?

— Mais non.

Peut-être pouvait-il s'habiller comme il voulait ? Après tout, c'était lui le patron. A moins que le code vestimentaire ne soit pas le même aux Bahamas qu'aux Etats-Unis. Dans ce cas, songea-t-elle avec un frisson d'angoisse, c'était elle qui ne portait pas la tenue adaptée. Elle avait choisi un tailleur *vintage* acheté au marché aux puces, et qui se composait d'une jupe de coton et d'un chemisier sans manches complétés par un blazer de coton ajusté.

Alors qu'elle sentait le feu lui monter aux joues, Hunter lui sourit gentiment et mit fin à ses craintes.

— Tu es très jolie.

Elle ne put qu'apprécier cette attention.

— Merci.

— Bon, allons-y, dit-il en se mettant à marcher vers l'eau.

— La voiture n'est pas de l'autre côté ?

— Si, répondit-il sans s'arrêter.

Elle pressa le pas pour le rattraper.

— Je ne comprends pas.

— Nous prenons le bateau.

Cette fois, elle n'y comprenait plus rien.

— Le bateau ? Je croyais que nous allions à ton bureau.

— Nous nous retrouvons sur une île au large, expliqua-t-il en embarquant. Je te conseille de retirer tes chaussures. Et… euh… tes bas aussi.

Ses bas ?

— Tu peux les garder si tu veux, ajouta-t-il comme s'il lisait dans ses pensées, mais le pont est glissant. Je suis sûr que tu n'as pas envie de tomber à l'eau avant ta présentation.

Comment diable allait-elle faire pour enlever son collant en conservant un semblant de dignité ? C'était mission impossible. Non, elle préférait encore courir le risque.

— Ça va aller, assura-t-elle.

En se tenant à la glissière, elle sauta à bord. Mais à peine ses pieds touchèrent-ils le pont qu'elle les sentit se dérober sous elle.

Hunter la retint juste avant qu'elle ne touche l'eau. Il la tint contre lui et la regarda dans les yeux.

— Tu pourrais peut-être reconsidérer ta décision.

— Ma décision ? murmura-t-elle.

Quelle décision ? Celle de passer la nuit seule dans une chambre d'hôtel quand elle aurait pu être blottie contre lui ?

Il se pencha vers elle. Un instant, elle crut qu'il allait l'embrasser. Au lieu de quoi il la stabilisa.

— Tu peux enlever tes bas à l'intérieur, si tu préfères.

Elle hocha la tête. Il retira lentement ses mains. Tandis qu'il démarrait le moteur, elle descendit dans le carré où elle ôta son collant qu'elle roula en boule et fourra dans son sac.

Elle enleva aussi sa veste avant de ressortir, pieds et bras nus. Elle s'assit à côté de lui.

— Prête ?

— Oui.

— Alors accroche-toi.

Il accéléra et le bateau fila droit vers l'Atlantique. A sa gauche, Cassie repéra un banc de dauphins.

— Regarde ! s'exclama-t-elle, tout excitée, en pointant le doigt vers eux.

Il ralentit. Quand elle se retourna vers lui, elle se rendit compte que c'était elle qu'il regardait, pas les dauphins.

— L'hôtel était convenable ?

— Oui, répondit-elle en se retournant vers les cétacés. Formidable. Merci pour le petit déjeuner.

Elle lui coula un regard de côté. Et lui, se demanda-t-elle pour la énième fois, qu'avait-il fait de sa soirée ? Avec qui l'avait-il passée ?

— Et toi ? demanda-t-elle.

— Quoi, moi ?

— Il me semble que tu as dit que tu avais un dîner.

— Ah, oui. La soirée a été longue.

D'accord. Sans doute voulait-il lui faire comprendre qu'il avait fait durer le plaisir.

Comment osait-il ? Comment pouvait-il être narcissique au point de croire que cela lui ferait…

Le bateau frappa une vague de plein fouet. L'eau éclaboussa son chemisier qui lui colla à la peau, révélant clairement son soutien-gorge.

— Désolé ! s'excusa-t-il. Il y a plus de houle que je ne croyais.

Elle le vit regarder sa poitrine.

— Il y a une serviette derrière.

Elle la prit et s'en enveloppa. Quand elle se rassit, il montra l'île dont ils approchaient.

96

— C'est là que nous allons.

— Mais…, ça a l'air presque désert.

— Oui. Presque.

Il avança jusqu'à un vieil embarcadère auquel il amarra le bateau.

— Où retrouvons-nous ton conseil d'administration ?

— Ici, répondit-il en désignant une cabane sur la plage.

— Ici ? répéta-t-elle, stupéfaite. Dans cette cabane ?

Il sourit.

— Qu'est-ce que c'est que ça, Hunter ? Qu'est-ce qui se passe ?

Ce devait être une plaisanterie. Où étaient la jolie marina, les hôtels ? Les salles de conférence ?

— Tu m'avais promis…

— Je t'ai promis de te faire rencontrer mon conseil d'administration. Il se compose d'une personne, la seule à l'avis de qui je me fie. Mon père. C'est ici qu'il habite. Et c'est lui qui va décider de ton avenir.

Elle regarda vers l'île. L'homme qui s'approchait était vêtu d'une chemise hawaïenne bariolée et d'un short en jean délavé. Ses cheveux gris en bataille étaient coiffés d'une casquette de base-ball. Il sourit et leur fit signe.

— Ne sois pas dupe de ses airs de gentil vieux monsieur. Il est aussi dur que moi en affaires.

— Ton père ?

— Oui.

— Pourquoi ne m'as-tu pas dit que j'aurais affaire à lui ?

— Cela change quelque chose ? Si tu m'avais demandé qui composait le conseil, je te l'aurais dit. Tu veux me passer tes affaires pour débarquer et aller le rencontrer ?

Comme il semblait un peu ridicule d'emporter son sac à main sur la plage, elle se contenta de remettre ses chaussures et de confier son dossier à Hunter.

— Bonjour, dit le père de Hunter en lui tendant la main pour l'aider à descendre. Vous devez être Cassie. Hunter m'a beaucoup parlé de vous.

— C'est vrai ?

— Oui. Et vous êtes aussi jolie qu'il me l'a dit.

Hunter fit la grimace.

— Restons sur le plan professionnel, papa. N'oublie pas que ce n'est pas une visite de courtoisie.

Hunter l'avait décrite comme jolie ? Malgré elle, cela lui faisait plaisir.

— Comme tu voudras, dit son père en souriant.

Devant ce sourire amical, elle sentit son appréhension se dissiper. Il dégageait une impression de sincérité.

— Je suis heureuse de faire votre connaissance, monsieur.

— Phil. Appelez-moi Phil.

— On se réunit dans la maison ? demanda Hunter en faisant un signe de tête en direction de la cabane.

— A l'intérieur ? Par une si belle journée ? Je pensais plutôt que nous pourrions discuter dehors.

Cassie ne savait toujours pas trop si Hunter était sérieux quand il disait que l'avenir du tissage reposait entre les mains de son père. Cependant ce dernier semblait simple et bon, alors elle avait peut-être une chance de sauver l'usine.

Phil lui sourit et lui tendit le bras. Elle le prit et, ensemble, ils allèrent sur la grève où étaient disposées quatre chaises.

Il ne fallut pas longtemps à Cassie pour commencer à parler de Shanville et de Demion Mills. Elle raconta au père de Hunter comment le tissage avait été créé, et comment il était devenu le point d'ancrage de la communauté. Elle lui décrivit les métiers à tisser, et lui expliqua les procédés de fabrication artisanale des tissus les plus précieux. Elle lui parla des gens qui travaillaient à l'usine et dont l'avenir dépendait d'elle.

Le père de Hunter l'écouta patiemment. Quand elle eut fini, il lui demanda, comme Hunter l'avait fait :

— Qu'est-ce qui vous fait croire que vous pouvez sauver l'usine ?

— Je ne suis pas sûre de le pouvoir. Mais je sais que je dois essayer et que je peux compter sur les efforts de tous.

— D'accord. Qu'est-ce que tu as à y gagner, Hunter ?

— Il garde le brevet, dit-elle sur la défensive sans lui laisser le temps de répondre. Nous ne lui demandons que de financer le rachat.

— L'usine ne fait plus de bénéfices depuis cinq ans, observa Hunter.

— Donc cette décision n'a rien à voir avec les affaires, conclut Phil en regardant son fils dans les yeux.

Cassie avala sa salive. Peut-être s'était-elle trompée sur sa nature compréhensive.

— Nous le rembourserons quoi qu'il arrive. Même s'il nous faut vendre notre maison pour y arriver.

— Nous en parlerons plus tard, tous les deux, dit Hunter à son père.

— Il n'y a pas lieu d'en parler.

— Quoi ? s'écrièrent Cassie et Hunter à l'unisson.

— Je pense que Cassie est une femme de parole, expliqua Phil à son fils. Si elle dit qu'elle te paiera, elle le fera.

— Avec les intérêts, précisa-t-elle.

Hunter parut surpris des propos de son père. Cependant, il n'eut pas le temps de répondre car son téléphone sonna. Il décrocha et s'éloigna en parlant à voix basse.

Cassie regarda Phil en souriant.

— Merci.

— Je vous en prie. Mais il faut que vous sachiez que, en dernier ressort, la décision appartient à Hunter.

— Dans ce cas, je doute que nous ayons une chance.

— Je ne suis pas de votre avis.

Elle le regarda, surprise.

— Je comprends pourquoi vous dites cela, reprit-il. Je connais sa réputation. Et je ne dis pas qu'elle ne soit pas fondée. Mais je connais aussi un autre côté de sa personnalité. Vous savez, la vie n'a pas été facile pour lui. Après la mort de sa mère, j'ai traversé une mauvaise passe. Les choses n'ont fait qu'empirer quand j'ai perdu mon emploi. Je suis venu ici réfléchir. Ma mère s'inquiétait de nous savoir seuls tous les deux. Elle ne croyait pas beaucoup en mon aptitude à élever un enfant, et elle n'avait sans doute pas tort…

Il soupira.

— Vous savez, reprit-il, j'arrivais à peine à m'occuper de moi. Nous n'avons jamais eu beaucoup d'argent. Je faisais de mon mieux, mais j'étais dépendant de la mer. Parfois il y avait beaucoup de poissons, parfois il n'y en avait pas. Nous ne pouvions pas toujours acheter ce dont les enfants ont besoin, des livres, des vêtements, des médicaments.

Phil était manifestement un homme gentil et qui aimait son fils. Mais comment pouvait-il excuser la conduite de Hunter ? Il y avait beaucoup d'enfants pauvres ; tous ne devenaient pas des nababs avides d'argent.

— Une année, ma mère est tombée malade. Nous l'avons emmenée à l'hôpital sur le continent. Nous avons attendu des heures qu'elle soit admise alors qu'un tas de gens entraient directement dans le service. Peu importait qu'elle soit mourante, voyez-vous, nous étions pauvres. Ceux qui avaient de l'argent ou une assurance passaient avant. Quand ils ont fini par accepter de s'occuper d'elle, il était trop tard. Ils ont essayé de la sauver, en vain. Hunter était convaincu que, si nous avions eu de l'argent, les choses se seraient passées autrement.

— Je suis désolée.

L'histoire de Hunter la touchait. Si sa grand-mère à elle avait connu le même sort, qui sait comment elle aurait réagi ?

— Comment a-t-il fait pour aller à Yale ?

— Après la mort de sa grand-mère, Hunter a choisi d'aller en pension. Puis il a envoyé des demandes d'inscription aux meilleures universités. Il était décidé à travailler pour financer ses études. Il a réussi par lui-même. Tout seul.

Il y avait de quoi être fier, songea-t-elle. C'était une sorte d'exploit, pour un gamin pauvre, de devenir l'un des hommes les plus riches du pays.

— Je sais bien que je radote, s'excusa Phil.

— Pas du tout, assura-t-elle en souriant.

— Je dois dire que, quand Hunter m'a annoncé qu'il amenait une dame, j'ai cru que c'était une petite amie. Il n'amène pas souvent ses partenaires professionnels ici.

Elle regarda Hunter. Absorbé par sa conversation téléphonique, il ne se rendait pas compte de l'échange qui avait lieu derrière lui. Elle ressentit une pointe de jalousie. Venait-il souvent ici avec ses conquêtes ?

— Cela dit, je ne vois pas pourquoi j'ai cru qu'il pouvait s'agir d'autre chose que d'une relation professionnelle. Cela fait une éternité qu'il n'a pas amené de petite amie.

Ouf. Allons, qu'est-ce que cela pouvait lui faire ? Elle ne sortait même pas avec lui.

— C'est un bon garçon, mon Hunter.

Un bon garçon ? Il n'était pourtant pas connu pour sa nature philanthropique. Cependant, ce que venait de lui raconter son père apportait un nouvel éclairage.

— Je me suis toujours dit que ce qu'il lui fallait, c'était une femme bien.

— Je ne pense pas qu'il ait du mal à trouver des femmes.

— Mais pas la femme de sa vie. Il a cru l'avoir rencontrée, une fois.

— Comment cela ? demanda-t-elle, de nouveau jalouse.

— Il allait l'épouser. Elle a bien failli lui briser le cœur, oui. J'ai essayé de le mettre en garde. Je la voyais venir à un kilomètre. Mais il a toujours fait ce qu'il voulait.

— Alors, demanda Hunter en les rejoignant, qu'est-ce que j'ai manqué ?

Cassie le regarda. On lui avait brisé le cœur ? C'était difficile à imaginer. Elle aurait plutôt cru que c'était lui, le bourreau des cœurs.

— Nous faisions connaissance, pas vrai, Cassie ?

Il lui fit un clin d'œil. Elle hocha la tête.

— Cassie, reprit Phil, ce serait dommage que vous repartiez tout de suite. Vous n'avez pas envie de visiter l'île ?

Elle leva les yeux vers Hunter qui regarda sa montre. Elle comprit le message.

— Je ne suis pas sûre que nous ayons le temps.

— Allez, Hunter, insista Phil. Elle a fait un long voyage. D'ailleurs, c'est l'heure de déjeuner.

— Très bien, concéda Hunter à contrecœur.

— Tu devrais l'emmener chez le poissonnier. Il n'y a qu'un restaurant correct sur l'île, et encore, il est très simple.

— Vous ne venez pas ? demanda-t-elle, hésitante.

Elle n'avait accepté de rester que parce qu'elle croyait que c'était lui qui l'invitait.

— Moi ? fit-il, étonné. J'ai beaucoup trop de travail. Mais allez-y tous les deux.

— Trop de travail ? répéta Hunter, surpris.

— Tu m'as compris. Et maintenant, filez.

Hunter leva les yeux au ciel. Cassie se leva.

— Je ne suis pas habillée pour faire le tour de l'île.

— Laisse tes chaussures. A part ça, ta tenue est parfaite.

— Mes chaussures ?

— Les gens n'en portent que rarement, ici.

— Je vais vous les garder, proposa Phil. Ne vous en faites pas.

Tandis qu'ils s'éloignaient, Hunter murmura :

— Ne laisse pas mon père te mettre la pression. Tu n'es pas obligée de faire cela si tu n'en as pas envie. Je peux te ramener.

Elle regarda autour d'elle. Le doux parfum du jasmin emplissait l'air. Elle sentit sa volonté faiblir. Combien de fois dans sa vie avait-on l'occasion de visiter une île paradisiaque ?

— Non. J'aimerais bien rester. Si ça te va, bien sûr.

— Je suis libre toute la journée.

Elle hocha la tête. Pourquoi l'avait-il amenée ici ?

— J'aime bien ton père, dit-elle. Il a l'air gentil.

— C'est le cas.

— Son opinion peut-elle vraiment te faire changer d'avis ?

— Habituellement, non.

Cette réponse dissipa son peu d'optimisme. Elle avala sa salive et s'efforça de masquer sa frustration.

— Alors pourquoi suis-je ici ?

— Parce qu'il ne s'agit pas d'une situation habituelle.

— Donc tu étudies vraiment ma proposition ? demanda-t-elle, de nouveau pleine d'espoir.

— Tu ne serais pas là si ce n'était pas le cas. Voilà notre moyen de transport, annonça-t-il en désignant une Mobylette près de la cabane.

— Ça ?

Il y avait à peine assez de place pour une personne. Alors deux…

Elle hésita. Hunter la regarda dans les yeux comme pour la défier.

— Tu voulais voir l'île. C'est comme ça que les gens se déplacent, ici, dit-il en sautant sur l'engin. Monte.

Elle remonta sa jupe et s'assit derrière lui, les jambes contre les siennes.

— Cramponne-toi !

Quand la Mobylette fit un bond en avant, elle se retint à la taille de Hunter pour ne pas tomber. Elle sentait ses muscles durs sous sa chemise. Pour la centième fois au moins, elle revit son corps nu au-dessus du sien tandis qu'il pénétrait en elle. A ce souvenir, elle se raidit légèrement et se pencha en arrière.

Ils roulaient sur un étroit chemin de terre gagné sur la jungle. Elle apercevait des bribes de la vie de l'île, des oiseaux colorés, le bleu profond de l'Atlantique. Ils finirent par arriver dans une clairière. C'était comme s'ils avaient remonté le temps. Les rues étaient encombrées de marchands de fruits exotiques et de poissons. La petite marina de bois était à moitié délabrée.

— C'est une île que le temps a oublié, commenta Hunter en s'arrêtant devant un petit bâtiment.

— Je suis étonnée qu'un gros complexe hôtelier ne l'ait pas encore avalée.

— Non. Et cela n'arrivera pas.

Elle le regarda. Il avait l'air d'être certain que les promoteurs ne mettraient pas la main sur l'île.

— Elle t'appartient, c'est ça ? devina-t-elle.

— Allons déjeuner, proposa-t-il en retenant un sourire.

Alors il possédait aussi cette île.

— Je suis surprise que tu ne l'aies pas encore vendue à un promoteur. Je parie qu'il y aurait de l'argent à gagner.

— Crois-moi si tu veux, je ne pense pas qu'à gagner de l'argent.

— Prouve-le-moi.

— Si c'était le cas, tu ne serais pas là, dit-il froidement.

Il la regarda un moment dans les yeux avant de se retourner pour ouvrir la porte. Ils entrèrent et se retrouvèrent dans une petite pièce sombre, où un homme faisait griller du poisson derrière un long bar.

— Assieds-toi, fit Hunter en désignant un tabouret.

— Hunter ! s'exclama l'homme quand il le vit. Ça alors, pour une surprise !

— J'étais dans les parages.

— J'ai vu ton père, l'autre jour. Il m'a dit que tu étais très occupé, en ce moment. Je comprends pourquoi, conclut-il en adressant un sourire à Cassie.

— Malheureusement, tu te trompes, répondit-il en haussant un sourcil. Elle me prend pour un infâme salaud.

L'homme fronça les sourcils.

— Je n'ai jamais dit…, commença-t-elle, gênée.

— Je n'ai pas dit que tu l'avais dit. J'ai dit que tu le pensais, précisa-t-il avec une lueur malicieuse dans le regard. Freddy, je te présente Cassie Edwards, une relation professionnelle.

— Ravi de faire votre connaissance, dit Freddy en lui serrant chaleureusement la main. Mais vous vous trompez sur son compte. C'est le type le mieux que je connaisse.

— Là, tu exagères, mon vieux. Mais merci.

— Je vous apporte deux plats du jour.

Elle regarda Hunter.

— Ce fut un plaisir, de parler avec ton père. Il n'est pas comme je l'aurais imaginé.

Qui aurait pu croire que le père d'un magnat des affaires pût être un homme aussi simple et aussi gentil ?

— Il semble si… perspicace.

— Il peut l'être, en effet.

Tout en déjeunant, Hunter regardait Cassie. Cela lui plaisait de la présenter à son père, à ses amis de l'île qu'il considérait comme son chez-lui. Il se tourna vers Freddy. Il le connaissait depuis toujours. Autrefois, ils allaient à l'école ensemble. Et si Hunter ne l'avait jamais dit à personne, c'était lui qui lui avait acheté son restaurant. Il lui avait proposé de l'installer où il voulait, mais son ami d'enfance n'avait jamais voulu quitter l'île. Il lui avait avoué que son rêve avait toujours été d'avoir un petit restaurant sur la plage. C'était donc ce qu'il lui avait offert. En revanche, Freddy était seul responsable de sa réussite.

— Un dessert ? leur proposa-t-il quand ils eurent fini.

— Non, merci, répondit Cassie. Mais c'était délicieux.

Il sourit à Hunter d'un air enthousiaste.

— Voilà une femme comme je les aime. Je comprends que tu aies voulu l'amener ici !

— Ne va pas te faire des idées, répondit Hunter. Je te répète que nous travaillons ensemble.

— Eh bien peut-être que cette jeune femme avec qui tu travailles a envie de voir le pic de l'Aveugle, suggéra-t-il.

— Je ne crois pas, répondit Hunter en la regardant. Il faut qu'elle rentre sur le continent.

— Qu'est-ce que le pic de l'Aveugle ?

— Nous y allions quand nous étions gamins. C'est le sommet d'un vieux volcan. On y a une belle vue sur les îles des environs.

— Ça a l'air intéressant, répondit Cassie.

Qu'est-ce que cela signifiait ? se demanda Hunter. Elle avait envie d'y aller ?

— Il faut pas mal marcher, fit-il remarquer. Le sentier est trop raide pour la Mobylette.

— Cela ne me fait pas peur !

— Tu ne peux pas y aller pieds nus.

— Alors, allons chercher mes chaussures.

— Pas de talons hauts, Cassie, tu te casserais quelque chose.

— Il vous faut des chaussures ? intervint Freddy.

— Freddy, tu…, commença Hunter.

— Quelle pointure ?

— Trente huit.

Interloquée, elle le regarda s'éloigner.

— Ne me dis pas qu'il est parti chercher des chaussures ?

— Je crois que si.

— Ils en vendent ?

— Freddy a une grande famille. Ils travaillent presque tous aux étals que tu as vus dans la rue. Tu pourrais racheter toute une garde-robe, si tu voulais.

Freddy revint en courant et retourna les poissons sur le grill. Puis il s'approcha de Cassie.

— Essayez ça.

Il lui tendit une paire de tongs sur lesquelles quelqu'un avait méticuleusement collé des coquillages.

— Elles sont bien trop belles pour être portées.

— C'est pour ça qu'elles sont faites.

Elle les enfila.

— Elles sont superbes, merci.

— Rien n'est trop beau pour les amis de Hunter.

— Merci, Freddy, dit ce dernier en souriant.

— Tiens, je t'en ai aussi pris une paire pour que tu ne sois pas jaloux.

— Je te revaudrai ça, mon vieux. Quand tu seras prête…, ajouta-t-il à l'adresse de Cassie.

— Je suis prête, répondit-elle en se levant. Merci pour ce délicieux déjeuner, Freddy. Et pour les chaussures.

Ils étaient presque sortis quand Hunter vit Freddy lever les deux pouces en signe d'approbation. Il n'était pas surpris que son ami comme son père aient apprécié Cassie. Cela ne faisait que confirmer ce qu'il pensait.

La jeune femme n'était pas comme Lisa.

Il n'avait amené Lisa sur l'île qu'une fois. Malgré ses paroles gentilles et ses sourires aimables, elle ne lui avait pas caché qu'elle était pressée de regagner le continent et le confort d'un hôtel de luxe.

Il enfourcha la Mobylette. Cassie prit place derrière lui. Elle avait beau se reculer le plus possible, elle ne pouvait empêcher ses seins de se presser contre son dos. Les mains crispées, elle lui touchait à peine la taille.

Il quitta la route et emprunta un chemin qu'il connaissait par cœur. Puis il s'arrêta dans une clairière.

— Il va falloir finir à pied.

Cela faisait des années qu'il n'avait pas emprunté ce sentier. Autrefois, il venait ici tous les jours. Depuis qu'il avait quitté l'île, il n'y revenait guère plus d'une fois par an.

— Ça va ? demanda-t-il à Cassie en regardant ses tongs.

— Très bien.

Il sourit intérieurement. Peu de femmes auraient été partantes pour une telle aventure. Surtout dans cette jupe et cette chemise élégantes. Mais elle ne semblait pas se soucier de ce qu'elle portait. Elle était parfaitement à l'aise, comme s'il n'y avait rien de plus naturel que de se promener au bord d'un volcan.

— C'est juste au-dessus de nous.

Elle le dépassa et monta en haut du pic. Le cratère du volcan s'était rempli depuis longtemps, formant un étroit monticule herbeux.

— Que c'est beau…, s'émerveilla-t-elle en admirant l'océan semé d'îles. Tu as passé ton enfance ici ?

— Oui. Dans la « cabane », comme tu l'as décrite.

Elle pâlit.

— Je suis désolée. Je ne voulais pas t'insulter. Je l'ai trouvée très mignonne.

Son air navré fit regretter sa taquinerie à Hunter. Cassie n'était pas snob. Et c'était sa façon maladroite à lui de prouver qu'il ne l'était pas non plus.

— Je sais, assura-t-il.

Elle parut soulagée.

— Elle te paraît petite, mais tu aurais dû la voir quand ma grand-mère était encore vivante, raconta-t-il en riant.

— Ta grand-mère habitait là aussi ?

— Oui. Elle avait la chambre, mon père le canapé et moi un matelas par terre.

— Tu veux rire ?

— Non. Nous n'avions pas beaucoup d'argent. Mais ma grand-mère parvenait à joindre les deux bouts. Tu n'as pas idée de ce qu'on peut faire avec un seul poisson.

— Ma grand-mère était comme cela aussi. Elle pouvait faire durer un rôti toute la semaine.

— Et toi, alors ?

— Moi ? Je ne sais pas faire la cuisine. Je n'ai jamais eu envie d'essayer.

— Tu préfères prendre des photos ?

— Oui.

Si elle n'avait pas l'usine, se demanda-t-il, se mettrait-elle à la photo professionnellement ?

— Qu'est-il arrivé à ta mère ? demanda-t-elle.

— Elle est morte peu de temps après ma naissance. Comme mon père ne s'en sortait pas, ma grand-mère est venue de France pour l'aider. C'est elle qui m'a élevé.

— Dis quelque chose en français.

Il hésita.

— *Tu es la plus belle femme que j'aie jamais vue.*

— Ce qui signifie… ?

— Je… j'espère qu'il ne pleuvra pas, dit-il, faisant mine de traduire en regardant le ciel.

Elle hocha la tête pour lui montrer qu'elle n'était pas dupe.

— Tu as encore de la famille en France ? s'enquit-elle.

— Eloignée. Ma grand-mère voulait y être enterrée, alors j'ai rencontré quelques cousins à cette occasion.

— Cela a dû être intéressant.

— Assourdissant, rectifia-t-il.

— Quoi ?

— Nous sommes une famille très bruyante.

Elle rit. Le moral de Hunter remonta en flèche.

— C'est vraiment magnifique, dit-elle. On se croirait sur le toit du monde.

— C'est pour cela que j'aime cet endroit. Ici, on a l'impression de pouvoir conquérir le monde entier.

— Pourquoi me racontes-tu tout cela ? demanda-t-elle au bout d'un moment avec une note d'hésitation dans la voix.

Oui, pourquoi ? Sans le faire exprès, il donnait un tour bien intime à la conversation. Il voulait s'ouvrir à elle, lui prouver qu'il n'était pas le salaud qu'elle croyait. Cependant, il n'y avait qu'un seul moyen d'y parvenir.

— Hunter ? dit-elle, attendant toujours la réponse.

— Cassie, il faut que je te dise que, pour moi, vendre l'usine aux ouvriers est un pari impossible. Et je ne crois pas aux miracles.

Il la sentit se raidir.

— Mais je vais accepter ton offre.

La surprise lui fit ouvrir de grands yeux.

— C'est vrai ?

— Oui.

— Donc l'usine ne fermera pas ?

— Pas à cause de moi, en tout cas.

— Pourquoi fais-tu cela ?

Pourquoi ? N'était-ce pas évident ? Parce qu'il ne supportait pas l'idée de la décevoir.

— Je ne me rendais pas compte que j'allais susciter une telle révolte de la part de ces gens, dit-il plutôt. Ce n'est pas ainsi que je conçois les affaires.

Elle s'immobilisa. Elle semblait presque avoir peur de respirer.

— Et tu feras fabriquer Bodyguard en Chine ?

Pourquoi parlait-elle du brevet ? Insinuait-elle qu'elle le voulait aussi ? Une usine de cette taille ne pourrait jamais assurer la production d'un tissu destiné au grand public.

— C'était ce qui était convenu, lui rappela-t-il sur la défensive.

Il sentit la colère l'envahir. Ne comprenait-elle pas que c'était assez, qu'il n'aurait jamais couru ce risque financier dans d'autres circonstances ? Son métier n'était pas de jouer les bons Samaritains.

110

— Cependant, poursuivit-il, je pose certaines conditions à la vente. Il faut bien que j'aie la certitude de récupérer mon investissement.

— Bien entendu.

Elle avait croisé les bras et évitait de le regarder. Que s'était-il passé ? Ne devrait-elle pas être heureuse ? Il venait de lui rendre l'usine. N'était-ce pas ce qu'elle voulait ?

La falaise avait soudain perdu sa magie.

—Viens, lui dit-il, rentrons.

Cassie ne prononça pas un mot du trajet. Chez le père de Hunter, elle reprit ses chaussures, sa veste et son dossier. Elle se montrait polie, aimable, mais distante. Ni l'un ni l'autre ne dirent à Phil que Hunter avait accepté de lui revendre l'usine.

Elle ne parla pas plus sur le bateau. Quand ils arrivèrent à quai, elle dit :

— J'aimerais rentrer chez moi aussi tôt que possible.

— Entendu.

— Il faut que j'annonce la bonne nouvelle aux autres.

Hunter, lui, allait devoir affronter Willa. Il devinait qu'elle allait être furieuse. Elle avait déjà fait visiter les lieux à plusieurs sociétés susceptibles d'acheter les bâtiments. Elle saurait tout de suite que sa décision de revendre l'usine aux ouvriers n'avait rien de rationnel.

Mais il se fichait bien de ce que pensait Willa. Pour l'instant, il ne pouvait penser qu'à Cassie.

Il avait un peu espéré que leur escapade prendrait un tour plus romantique. Ce n'avait pas été le cas. Avant même qu'il aborde le sujet de l'usine, Cassie avait gardé ses distances. Qu'était devenue la jeune femme spontanée qu'il avait rencontrée sur la plage ?

— Je vais m'occuper de ton vol.

— Merci. Tu rentres avec moi ?

— Non.

A l'évidence, seule leur relation professionnelle intéressait Cassie. Quant à lui, il ne voulait pas d'une relation platonique. Il ne se sentait pas capable d'être avec elle sans la toucher, sans l'embrasser. Mieux valait donc s'éloigner. Il ne retournerait pas à Shanville. Les avocats s'occuperaient de tout d'ici.

— Tu pars demain, alors ? demanda-t-elle.

— Je ne crois pas. Je n'ai plus de raison de me rendre là-bas, si ?

Il la regarda en la suppliant en lui-même d'en trouver une.

— Si tu penses que c'est mieux.

Son cœur se serra. Il amarra le bateau au quai, débarqua et tendit la main à Cassie. Dès qu'elle fut sur la terre ferme, il la lâcha.

— Je vais te conduire à l'hôtel prendre tes affaires, et vais prévenir mon bureau que tu seras prête à partir dans une heure.

— Attends.

Il se retourna vers elle, le cœur soudain plein d'espoir.

— Je… je voulais te remercier, Hunter.

— Pas de quoi. Ce sont les affaires, non ?

— Pas seulement. Tu as été si gentil. Plus que gentil. Je t'en serai toujours reconnaissante.

Son fin chemisier de soie flottait dans le vent. Ses longs cheveux auburn emmêlés par le vent et les embruns formaient un nuage follement sexy autour d'elle. Ses yeux d'émeraude brillaient.

— Hunter, je crois que ma première impression de toi était la bonne.

— C'est-à-dire ?

— Tu es un homme bon.

Il sourit tristement. Hélas, cela ne semblait pas suffire. Il se dirigea vers la maison.

— Je n'ai pas envie que cela finisse ainsi.

Il s'arrêta.

— J'ai envie de rester là ce soir, ajouta-t-elle. Avec toi.

9.

Elle l'avait dit. Les mots étaient sortis tous seuls et il était trop tard pour les retirer.

Elle n'en avait pas envie, d'ailleurs, même si sa réaction la surprenait et lui donnait un sentiment de vertige.

Les événements avaient pris une tournure si surprenante ! Elle s'était attendue à une réunion de conseil d'administration guindée et formelle, pas à une visite à son père et à ses amis sur l'île de son enfance. Elle avait eu un rare aperçu de l'être qui se cachait derrière l'homme d'affaires. Au lieu du *raider* insensible, elle avait découvert un homme fidèle à sa famille et à ses amis d'enfance, un homme qui avait sauvé l'île sur laquelle il avait été élevé.

Un homme qui avait un cœur.

Et là-haut, sur le volcan, elle avait eu l'impression qu'il cherchait à lui montrer son vrai visage. Sous ses yeux, il s'était métamorphosé, redevenant celui qu'elle avait rencontré pour la première fois sur la plage. L'amant merveilleux avec qui elle avait partagé la plus intime des expériences.

Mais quand il lui avait dit qu'il lui rendait l'usine, elle n'avait pu penser qu'à une chose : rentrer à Shanville.

Pourquoi ? Parce qu'elle avait eu peur.

Peur de l'homme plus que du féroce homme d'affaires.

Si peur qu'elle avait envisagé de fuir, de ne plus le revoir ?

Mais elle savait que c'était un mensonge. Qu'elle brûlait d'être à lui de nouveau.

Elle avait donc osé. Osé lui dire qu'elle souhaitait rester, être à lui.

En pure perte, apparemment, car vu sa réaction, elle devinait qu'il n'était pas disposé à accepter cette offre-là.

Il la regardait comme s'il ne savait que faire d'elle.

Et s'il avait changé d'avis, songea-t-elle le cœur serré ? Si elle avait mal déchiffré les signes subtils de son intérêt ? Si elle se trompait ? S'il ne voulait plus d'elle ?

— Très bien, dit-il en hochant la tête.

Puis il tourna les talons et marcha vers la maison.

Alors que Cassie pressait le pas pour le rattraper, il ouvrit son téléphone. Elle l'entendit appeler l'hôtel pour faire apporter ses affaires chez lui. C'était tout. Il était aussi excité que si elle lui avait offert un bol de soupe.

— Si cela ne t'arrange pas, je peux rester à l'hôtel, proposa-t-elle en courant presque pour le suivre.

Il s'arrêta si brusquement qu'elle faillit butter contre lui.

— Je n'aime pas les jeux, lâcha-t-il.

— Moi non plus.

— Alors pourquoi joues-tu ? Si tu veux rester ici ce soir, tu es la bienvenue. Sinon, j'organise ton retour à Shanville.

Pourquoi se montrait-il si froid et indifférent ? N'avait-il pas envie qu'elle reste ?

— Et toi que veux-tu Hunter ? Si tu n'as pas envie de moi ici, je…

Elle se tut. Le regard de Hunter s'était adouci, empli de tendresse.

Il lui caressa la joue et lui fit relever la tête avant de l'embrasser. Son baiser profond et sensuel était chargé d'une passion qui contrastait avec son calme apparent. Cassie se sentit chanceler.

— Bien sûr, que j'ai envie que tu restes, finit-il par dire.

Il lui prit la main et se remit à marcher, plus lentement.

— Malheureusement, j'ai une affaire à régler. Mais je ne devrais pas en avoir pour trop longtemps.

— Il y a un endroit où je pourrais me rafraîchir ?

— Tu es très belle, assura-t-il en la caressant du regard.

— Merci, mais j'ai très envie d'une douche.

— Cela doit pouvoir se faire.

Ils entrèrent dans la maison par-derrière. Il la conduisit jusqu'au grand escalier. En montant, elle admira les tableaux accrochés au mur. C'étaient pour la plupart des œuvres d'artistes contemporains qu'elle avait étudiés à l'université.

— C'est un Kandinsky ? demanda-t-elle en s'arrêtant devant une toile représentant des cubes de couleurs vives.

Il confirma d'un hochement de tête.

— Tu aimes l'art moderne ?

— Parfois, répondit-elle avec franchise.

Il sourit.

— Mais je ne m'imagine pas avec de telles œuvres d'art chez moi. Je serais bien trop inquiète.

— Inquiète ? Pourquoi ?

— S'il y avait un ouragan, une fuite d'eau…

— C'est une responsabilité, reconnut-il. Je finirai par les donner à un musée. Et en attendant, j'ai une chambre forte en bas où je peux les abriter en cas d'ouragan ou de fuite.

Il la regarda un moment sans lui lâcher la main. Puis il se remit à monter, très lentement. Il la mena dans une chambre qui avait les dimensions d'une suite dans un hôtel de luxe. En face du grand lit, une immense baie vitrée s'ouvrait sur un balcon qui donnait sur la piscine et l'océan.

— Je t'en prie, fais comme chez toi. Tu trouveras des serviettes et tout ce qu'il te faut dans la salle de bains. Je te ferai apporter tes affaires dès qu'elles arriveront.

Il porta sa main à ses lèvres et la baisa. Ce geste plein de galanterie eut l'effet souhaité : il attisa le désir de Cassie.

Mais il sortit. Elle ferma les yeux pour lutter contre l'inquiétude qui la gagnait. Etait-elle bien sûre de ce qu'elle voulait ? Résisterait-elle à une autre nuit avec Hunter ? Elle n'était même pas encore tout à fait remise de la première.

Cependant, elle n'avait guère le choix. Dans la lutte qui s'engageait entre son corps et son esprit, son corps l'emportait nettement.

Une nuit. Une dernière nuit.

Et puis elle rentrerait à Shanville où elle serait si occupée qu'elle oublierait son insaisissable amant.

Elle se rendit dans la salle de bains, spacieuse et élégante comme le reste de la maison. Le comptoir, le sol et la douche étaient de marbre blanc. L'ensemble semblait spécialement conçu pour une femme, jusqu'au petit panier d'articles de toilette parfumés à la lavande et au peignoir de femme.

Soudain, elle comprit que ce n'était pas une simple chambre d'amis, mais une suite réservée à ses conquêtes.

Elle se demanda combien de femmes s'étaient « rafraîchies » dans cette salle de bains. Celle avec qui il était sorti la veille au soir faisait-elle partie du nombre ?

Et alors ? Elle ne devait songer ni à l'avenir ni au passé. Elle était là maintenant, c'était tout ce qui comptait.

Elle se débarrassa du sable et du sel collés à sa peau sous l'eau chaude et relaxante de la douche. Puis elle s'enveloppa dans le moelleux peignoir et se brossa les cheveux.

Elle sortit de la salle de bains. Pendant qu'elle était sous la douche, quelqu'un était venu poser une bouteille de champagne et une flûte en cristal sur la table basse entre les deux chaises longues. Elle se servit et sortit sur le balcon.

Devait-elle se rhabiller comme sur l'île ? Elle ne savait pas quand ses bagages arriveraient.

Mais quelle importance ? Elle était ravie d'admirer un moment le superbe paysage et de se remémorer les événements de la journée.

Elle n'eut pas à attendre longtemps. Quelques instants plus tard, on frappait à sa porte. Elle ouvrit. Hunter en personne se tenait sur le seuil, avec sa valise.

— Tu l'as montée toi-même ? Cela me surprend.

— Pourquoi ?

— Je pensais que tu le ferais faire par… par l'une des personnes qui travaillent pour toi.

— La seule personne qui travaille ici est Gehta.

Il alla poser la valise sur le lit. Lui aussi s'était douché. Ses cheveux encore mouillés étaient plaqués en arrière. Il avait troqué ses vêtements de tout à l'heure contre une chemise et un pantalon de lin.

— Elle a fini sa journée, ajouta-t-il. Et de toute façon, je ne lui aurais jamais demandé de la porter dans l'escalier.

Ainsi, ils étaient seuls.

— Le champagne est bon ? demanda-t-il doucement en l'enveloppant d'un regard caressant.

— Oui, merci.

Il fit un pas vers elle et plongea les yeux dans les siens avant de lui caresser la joue.

Ce simple frôlement suffit à faire réagir le corps de Cassie. Le champagne, la douche, la belle et douce soirée y étaient-ils pour quelque chose ?

Sans la quitter des yeux, il dénoua la ceinture de son peignoir et attendit, comme s'il pensait qu'elle allait l'arrêter. Elle n'en fit rien. Toutes ses inquiétudes s'étaient envolées. Tout ce qui comptait, c'était combien elle avait envie qu'il la touche, qu'il la tienne dans ses bras. Combien elle avait envie de le sentir en elle.

Il posa les mains sur ses épaules et fit tomber le peignoir à terre, la laissant nue et exposée.

Il la regardait toujours. En temps normal, elle était pudique, mais il y avait chez Hunter quelque chose qui lui faisait oublier toute réserve. Avec lui, elle devenait audacieuse et passionnée. Elle se redressa. Elle n'avait pas peur de montrer son corps.

— Que tu es belle…

Le souffle saccadé, il lui caressait les épaules, et elle s'attendait presque à le voir se jeter sur elle, la plaquer sur le lit et la prendre durement. Au lieu de cela, il faisait des gestes d'une lenteur à la fois exaspérante et terriblement excitante. Il glissa une main le long de son dos jusqu'à ses fesses. De l'autre, il lui caressa les seins avant de descendre le long de son ventre.

Il vint se placer derrière elle et posa une main sur sa poitrine pour l'encourager à se détendre contre lui. Ils étaient devant la baie vitrée ouverte.

— Regarde le soleil, lui enjoignit-il tandis qu'il continuait de l'explorer de sa main droite.

Elle se força à regarder dehors. Elle sentait une brise tiède sur sa peau nue et la fraîcheur de la chemise de lin contre son dos.

Il fit lentement descendre ses doigts sur son ventre. Elle retint son souffle quand il toucha la peau délicate de l'intérieur de ses cuisses et remonta à la recherche du point le plus sensible de son être. Ses pensées éclatèrent quand il remonta le long du délicat renflement et en écarta les plis pour la plus intime des caresses.

Elle leva les bras et les noua derrière la tête de Hunter pour s'abandonner au plaisir. Il la maintint fermement tandis que la délivrance la faisait trembler entre ses bras. Ensuite, il la retourna vers lui et lui passa doucement la main dans les cheveux.

— Cassie…

Mais elle n'avait pas envie de parler. Pas encore.

Elle commença à déboutonner sa chemise. Elle avait envie de lui faire ce qu'il venait de lui faire. Après sa chemise, elle lui ôta son pantalon. Puis elle le prit dans ses mains avant de le porter à ses lèvres.

Il gémit doucement ; elle le sentit enfoncer les doigts dans ses cheveux comme pour l'encourager à continuer.

Bientôt, il la releva et la porta sur le lit. Quand il la regarda dans les yeux, elle eut l'impression qu'il lisait jusqu'au tréfonds de son âme.

Ils firent l'amour avec passion, presque désespérément. Il lui tenait les mains tandis qu'il la pénétrait de plus en plus profondément.

De nouveau, la pression monta et elle se cambra pour l'attirer plus loin en elle. Elle ne ferma les yeux que lorsqu'elle sentit son corps se libérer. Hunter céda au même moment et la rejoignit dans un plaisir d'une folle intensité.

Ensuite, il l'attira contre lui et la tint étroitement serrée.

Ils restèrent ainsi nus, enlacés, à regarder le soleil s'enfoncer dans la mer.

Quand il ne resta plus qu'une frange orangée au-dessus de l'eau, il lui caressa les cheveux.

— Tu as chaud ? demanda-t-il.

— Un peu.

— Tu veux aller te baigner ?

— Je n'ai pas pris de maillot.

Bien sûr, puisque, normalement, elle était ici en voyage d'affaires. Mais Demion Mills lui semblait à des années-lumière.

— Tu n'en as pas besoin : il n'y a personne.

Il se leva et lui tendit un drap de bain. C'était un défi, qu'elle releva. Sauf que l'audace qu'elle ressentait tout à l'heure avait disparu. Leur intimité chargée d'émotions l'avait laissée vulnérable. Qu'il y ait quelqu'un ou non, elle était trop pudique pour se promener nue dans la maison.

— Très bien, dit-elle en s'enroulant dans le drap de bain.

Il la suivit en riant et en se nouant lui aussi une serviette autour de la taille.

— Personne ne le saura, promit-il en l'embrassant sur l'épaule quand ils sortirent. Nous sommes seuls.

Il l'emmena jusqu'à la piscine qui fit l'effet à Cassie d'être celle d'un hôtel de luxe exotique. Des lumières bleues et dorées entouraient les palmiers et un projecteur éclairait le bassin par le fond. Avec un sourire malicieux, il laissa tomber sa serviette et plongea.

A son tour, elle quitta sa serviette et resta quelques instants à profiter de la brise tropicale. Quand il atteignit le bout de la piscine, il se retourna vers elle et lui fit signe de le rejoindre.

Elle sauta, et en un instant, il fut auprès d'elle. Il la rattrapa dans l'eau et la souleva dans ses bras.

— Tu fais cela souvent ? voulut-elle savoir.

— Quoi donc ?

— Te baigner nu.

— A vrai dire, je crois que cela ne m'est jamais arrivé ici.

— Ah bon ? Depuis combien de temps habites-tu cette maison ?

— Des années. Mais je suis à peu près sûr de n'avoir même jamais utilisé la piscine.

— Pourquoi ?

— Je ne sais pas. Je travaille sans arrêt, je crois.

— Tu as quand même le temps de sortir avec des femmes, non ? Elles n'ont jamais envie de venir se baigner ?

— Elles n'y sont pas invitées.

Devait-elle le croire ? Cela n'avait pas vraiment d'importance. Elle était ici avec lui pour l'instant et il faisait en sorte qu'elle se croie la seule.

— Merci, dit-elle.

— De quoi ?

— De me faire me sentir exceptionnelle.

— Mais tu l'es.

120

Sur quoi il l'embrassa et la repoussa dans l'eau. Ils jouèrent dans la piscine comme des enfants. Au bout d'un moment, il sortit et reprit une serviette.

— Je vais commander à dîner. Je reviens.

Elle fit la planche en regardant les étoiles. Elle avait l'impression de faire un très beau rêve. Quand il revint, il avait enfilé un maillot de bain et rapportait un peignoir.

— La pizza est déjà arrivée ?

Il sourit et secoua la tête.

— Non, et je serais surpris qu'elle arrive, puisque je n'en ai pas commandé. Mais si c'est ce dont tu as envie…

— Non, assura-t-elle en appuyant les deux bras au bord de la piscine. Ce que tu as commandé sera parfait. J'aime tout.

— Le homard ?

— Des homards ? A emporter ?

— Le Four Seasons livre des repas.

— Le Four Seasons ?

Lors de son précédent voyage aux Bahamas, elle était entrée dans ce grand hôtel pour admirer la vue spectaculaire et l'environnement. Mais elle avait failli s'évanouir en lisant le menu : le moindre cocktail devait coûter quinze dollars.

— Ah, fit-elle en regardant son maillot de bain. C'est pour cela que tu es aussi habillé.

— Exactement, confirma-t-il en s'agenouillant auprès d'elle. Je suis heureux que tu sois là.

— Moi aussi.

Elle fit quelques brasses pour s'éloigner du bord, et se retourna pour regarder Hunter. Il n'avait pas bougé, et la regardait en souriant.

— Pourquoi ce sourire ? voulut-elle savoir.

— Je suis ravi de voir une belle sirène nager nue dans ma piscine.

— Si les gens de Shanville me voyaient, ils n'en croiraient pas leurs yeux !

— Moi-même, j'ai du mal à y croire...

Il se pencha pour l'embrasser.

Quand on sonna à la porte, elle poussa un cri d'horreur et sortit de l'eau. Elle ne voulait pas que quelqu'un d'autre que Hunter la voie nue.

— Prends ton temps. Je vais leur demander de tout installer sous la véranda.

Quand il rentra, elle enfila le peignoir, se passa les doigts dans les cheveux et s'assit au bord d'une chaise longue. Quelques minutes plus tard, il revint et lui tendit la main.

— C'est prêt, annonça-t-il.

La véranda était le point le plus haut de la propriété. Elle offrait une vue exceptionnelle sur l'Atlantique. Au loin, on apercevait les lumières des bateaux de promenade dans le port.

Hunter lui offrit une coupe de champagne.

— A toi, dit-il en levant son verre.

La carapace du homard était déjà fendue ; malgré tout, elle ne savait pas trop comment le manger. Hunter dut le deviner car il détacha un morceau de la queue qu'il trempa dans le beurre fondu avant de le lui présenter.

— Mm... quelle merveille, fit-elle en dégustant la délicieuse chair blanche.

Ils dînèrent en silence, simplement heureux d'être ensemble. Ils étaient aussi à l'aise et détendus que s'ils étaient amants depuis des années. Elle se prit à rêver que cette soirée puisse durer toujours, qu'elle n'ait jamais à quitter Hunter.

Allons, c'était ridicule. Elle le connaissait à peine. Et il y avait peu de chances qu'ils passent d'autres soirées ensemble. Quant à une vraie relation, c'était exclu. Le père de Hunter le lui avait bien dit : une seule femme avait su prendre le cœur de son fils. A cette idée, elle ne put réprimer une pointe de jalousie. Comment était-elle ? Qu'avait-elle de plus que Cassie ? Sans pouvoir se retenir, elle dit :

— Ton père m'a parlé d'une femme de ton passé…

— C'est bien mystérieux. Quelle femme ?

Elle hésita. Elle s'aventurait sur un terrain dangereux. Elle savait que cela ne la regardait pas. Mais c'était plus fort qu'elle. Elle voulait en savoir plus sur cette femme.

— Ta fiancée.

— Ma fiancée ?

— Ton père a dit que tu avais été fiancé.

Il secoua la tête.

— Non. J'ai cru un temps que je voulais l'épouser, mais cela n'a jamais été officiel.

— Pourquoi ? Enfin, tu n'es pas obligé de me le dire si tu n'en as pas envie, se reprit-elle.

— C'était il y a longtemps. Je l'ai rencontrée à l'université, quand j'avais du mal à joindre les deux bouts. Nous avions une histoire similaire, nous désirions les mêmes choses.

— Et tu es tombé amoureux.

Là. Elle l'avait dit.

— Je le croyais.

— Que s'est-il passé ?

Il soupira en guise de réponse.

— Laisse-moi deviner. Tu es devenu riche et célèbre. Tu as changé. Elle n'a pas pu suivre.

— Non. A vrai dire, elle est mariée avec un homme extrêmement riche. Mon ancien patron. Elle a rompu avec moi pour pouvoir l'épouser.

Quoi ? Elle n'en revenait pas.

— Elle m'a dit qu'elle ne pourrait jamais faire sa vie avec un garçon pauvre, précisa-t-il.

— Tout s'explique, ne put-elle s'empêcher de dire.

— De quoi parles-tu ?

123

— Ta volonté de réussir, ton ambition.

— J'ai toujours voulu réussir. Elle n'a pas eu beaucoup d'effet là-dessus. En revanche, elle a malheureusement eu une influence sur mes relations avec les femmes.

— Comment cela ?

— J'ai appris qu'il était impossible de vraiment connaître quelqu'un.

— Qu'est-ce que cela signifie ?

— Cela signifie que, depuis, les relations ont été pour moi au mieux des distractions.

Il ne lui aurait pas fait plus mal s'il l'avait giflée. Elle n'était qu'une distraction. Mais qu'avait-elle cru ? Qu'elle quitterait les Bahamas avec un mari ? Qu'est-ce qui lui faisait croire qu'elle était différente des autres ?

— Qu'est-ce qui ne va pas ? lui demanda-t-il, l'air inquiet.

— Rien, répondit-elle en regardant son assiette vide. Je devrais te remercier de ton honnêteté. La plupart des hommes mènent les femmes en bateau en leur disant ce qu'elles ont envie d'entendre.

— Tu m'as mal compris, corrigea-t-il. Je parlais au passé. Je croyais que tu voulais savoir pourquoi je ne m'étais jamais marié.

Elle releva les yeux.

Il se leva, vint à elle et lui prit la main.

— Tu es bien plus pour moi qu'une simple distraction. Et toi, qu'est-ce qui a mis fin à tes projets de mariage ?

— Je n'ai pas envie d'en parler.

— Pourquoi ?

Elle n'avait pas envie d'évoquer Oliver. Ni maintenant ni plus tard.

— Parce que je préfère parler de toi.

— Mais comment puis-je mieux te connaître si tu ne m'en dis pas plus sur toi ?

Elle se détourna. Il disait, il faisait tout ce qu'il fallait. Cela suffisait à lui faire croire à un avenir possible. Mais comment cela pourrait-il arriver ?

— Ça ne va pas ? On dirait que je t'ai encore perdue.

— Non, répondit-elle avec un sourire triste. J'ai simplement envie de profiter du temps que nous passons ensemble.

— Moi aussi, assura-t-il. Moi aussi.

10.

Cassie ouvrit les yeux. Le soleil envahissait la pièce. Elle était dans la chambre de Hunter, une chambre immense qui donnait sur une terrasse.

Etendue entre les draps, elle se remémora les merveilleux moments de la nuit.

Après le dîner, Hunter et elle étaient retournés à la piscine. Ils étaient longuement restés assis main dans la main, et elle avait fini par s'endormir la tête sur son épaule.

Elle s'était réveillée pendant qu'il la portait à l'étage. Quoique à demi assoupie, elle était heureuse de se rendre compte qu'il l'avait emmenée dans sa propre chambre, son sanctuaire privé. Il s'était allongé à côté d'elle et l'avait prise dans ses bras et ils s'étaient endormis l'un contre l'autre.

Elle s'étira paresseusement et chercha Hunter du regard. Elle l'entendit parler dans la pièce voisine. Dans un sursaut d'énergie, elle arracha le drap au lit et s'enroula dedans. Elle se laissa guider par sa voix jusqu'au bout du couloir, dans une pièce aux murs couverts de livres.

Hunter se tenait de dos, en pantalon de pyjama.

— Bon sang ! l'entendit-elle dire.

La tension crispait les muscles de son dos.

— Je comprends, Willa, mais cela ne me fait pas changer d'avis. Si j'avais su qu'il y aurait une vague d'activité, nous n'aurions pas fait cela.

Il se retourna et sourit à la vue de Cassie. Sa voix comme son expression semblèrent s'adoucir.

— Il faut que je raccroche, dit-il avant de refermer son téléphone sans dire au revoir.

Il s'approcha d'elle et posa un baiser sur ses lèvres.

— Tu as bien dormi ?

— Très bien. J'ai entendu que tu parlais à Willa…

— Désolé. On fait plus agréable, comme réveil.

— Il y a un problème ?

— Non, non. Petit-déjeuner ? continua-t-il en montrant un plateau garni de croissants, de bagels, de fromage frais et de beurre.

— Oh ! C'est royal.

— Je me disais…, fit-il en la prenant par les épaules.

— Oui ?

— Je dois assister à une réception organisée pour collecter des fonds, cet après-midi.

Bien sûr, songea-t-elle le cœur gros. Elle devrait s'estimer heureuse de cette soirée passée avec lui et partir aussi dignement que possible.

— Pas de problème. Il faut que je rentre, d'ailleurs.

— Non, rectifia-t-il en souriant. J'aimerais que tu viennes.

Il voulait qu'elle l'accompagne ? Soudain, elle hésita.

Son cœur si meurtri quelques instants plus tôt s'emplit de crainte. Elle était déjà bien plus attachée à lui qu'elle ne l'aurait voulu. Pourrait-elle surmonter un autre jour…, et une autre nuit avec lui, sans tomber éperdument amoureuse ?

— Il faudrait que je rentre. Tout le monde doit se demander ce qui s'est passé.

— Appelle pour dire que c'est plus long que prévu.

Que changerait un seul jour de plus ? De toute façon, elle craignait d'avoir déjà dépassé le point de non-retour. Elle aurait beau faire, elle n'oublierait jamais Hunter.

— D'accord.

— Merci, dit-il en souriant.

— Me faut-il une tenue habillée ? Parce que je n'ai que ce que tu as vu hier.

Il lui lança un regard enflammé.

— J'aime encore mieux ce que tu portes aujourd'hui.

Elle remonta le drap, le serra autour de son cou et recula vers la chambre en souriant.

— Je crains que ce soit un peu trop… estival.

— Hm, je vois ce que tu veux dire, concéda-t-il en lui caressant la taille.

— A qui iront les fonds récoltés ?

Elle était presque arrivée à la chambre.

— A des enfants dans le besoin.

— Et où cela a-t-il lieu ? s'enquit-elle alors que son pied touchait le lit.

— Sur l'hippodrome, répondit-il en lui enlevant le drap.

— La tenue que je portais hier est sale.

Il se mit à lui caresser les seins, lui procurant une sensation enivrante.

— Je vais t'en acheter une autre.

Il fallait qu'elle se concentre.

— Je n'en veux pas. Il y a un teinturier, sur l'île ?

Il l'embrassa dans le cou.

— Je crois.

— Tu crois ?

— En général, ce n'est pas moi qui m'occupe du linge.

— Evidemment, fit-elle d'un ton sarcastique en le repoussant pour plaisanter.

128

— Inutile de le prendre sur ce ton, protesta-t-il avec une lueur malicieuse dans le regard.

Il l'allongea doucement sur le lit.

— Comme je te le disais, répéta-t-il en buvant du regard les moindres détails de son corps nu, je trouve ta tenue d'aujourd'hui parfaite.

— Je n'arrive pas à croire que…, commença-t-elle en nouant ses bras autour du cou de Hunter.

— Que quoi ?

— Que je suis avec toi. Tu n'es pas comme j'imaginais.

— Je suis mieux ou moins bien ?

Ils furent interrompus par la sonnerie du portable de Hunter. Il se hissa sur un coude et regarda le numéro.

— C'est mon bureau.

— Vas-y.

En soupirant, il ouvrit son téléphone.

— Allô ! Non, fit-il au bout d'un moment. Elle n'aurait pas dû dire cela. Ne commencez pas tout de suite.

Il referma le téléphone et se tourna vers elle. Mais quelque chose dans son attitude avait changé.

— Tout va bien ?

— Oui, assura-t-il simplement.

Elle sentait bien qu'il ne lui disait pas toute la vérité.

— Il y a un problème, n'est-ce pas ? Un problème qui concerne Demion Mills ?

— A toi de me le dire. Tu es sûre de toi ?

Il lui caressa la joue.

Elle hocha la tête.

— Ce rachat va te retenir à Shanville…, à l'usine pendant très longtemps, rappela-t-il.

Le sang de Cassie se glaça. Elle savait d'instinct que quelque chose n'allait pas. Pourquoi tentait-il de la faire revenir sur sa décision ?

— Où veux-tu en venir, Hunter ? demanda-t-elle en s'enveloppant de nouveau dans le drap.

— Je peux t'aider à vivre la vie dont tu as rêvé, Cassie. Tu pourrais retourner à l'université puis poursuivre une carrière de photographe.

— Mais je ne veux pas devenir photographe !

— Tu veux dire que tu te contenterais de passer le restant de tes jours à n'être qu'une ouvrière ?

Elle s'assit dans le lit. C'était comme s'il l'avait giflée.

— Je suis fière de ce que je fais ! Et je suis heureuse. Ce n'est peut-être pas mon rêve d'enfance, mais les rêves changent, tu sais ! Et les gens aussi. C'est peut-être difficile à comprendre pour quelqu'un comme toi, mais je suis contente de mon sort. Je n'ai pas besoin d'argent pour être heureuse.

— Pardonne-moi, Cassie, ce n'est pas ce que je voulais dire.

Il la regarda avec douceur.

— Je te comprends, reprit-il. Hélas, dans les affaires, seuls les bénéfices comptent. Et je crains qu'il ne faille bien plus que des pensées positives pour redresser l'usine.

— Nous avions un accord, rappela-t-elle doucement.

— Il tient toujours. Je veux seulement que tu aies conscience de ce qui t'attend. Je ne veux pas que tu souffres.

— Je ne souffrirai pas.

Elle se sentit à la fois effrayée et enivrée par ce qu'elle voyait dans les yeux de Hunter.

— Ecoute, reprit-il. Je ne sais pas ce qui nous arrive, mais je sens que c'est important. Je n'ai pas envie que nous gâchions cette chance.

— Moi non plus.

— Eh bien imagine ce qui se passera si c'est moi qui dois faire saisir ta maison.

— Ne me demande pas de choisir entre le tissage et toi !

— Je ne ferais jamais cela, protesta-t-il. Pourquoi crois-tu que j'aie accepté, Cassie ? Je tiens à toi plus que… plus que je n'ai tenu à quelqu'un depuis très, très longtemps. Je veux t'aider.

Il se leva et marcha jusqu'à la terrasse.

La colère qui montait en Cassie se dissipa soudain. Il lui parlait comme à… une amie. Elle alla le rejoindre et lui passa les bras autour de la taille. Quand il se retourna vers elle, elle lut de la douleur dans ses yeux.

— Il faut que je le fasse, Hunter, expliqua-t-elle. Je ne serai jamais heureuse si je laisse tomber mes amis.

— Mais n'est-ce pas reculer pour mieux sauter ? Avec ou sans brevet, les Demion n'ont pas réussi à maintenir l'usine à flot.

— Nous ne ferons pas les mêmes erreurs qu'eux.

— Aucun de vous n'a l'expérience de la gestion d'une entreprise.

— Nous apprendrons.

Il pensait donc qu'elle allait échouer. Elle jugeait cela quelque peu vexant, mais se trompait-il ?

Peut-être était-ce de la folie. Et si les Demion avaient eu raison de vendre le tissage ? Et si l'usine était condamnée, même avec le brevet ? Il existait des machines capables de tisser plus vite et avec plus de précision. Alors pourquoi les gens paieraient-ils plus cher des tissus faits à la main ?

Cependant, comment pouvait-elle rester sans réagir ?

C'était impossible. Et elle était sûre d'une chose : l'usine méritait d'être sauvée.

— Bon, je crois qu'il faut que j'aille me préparer, dit-elle en s'éloignant.

Il la retint par le bras et lui fit faire volte-face. Il semblait triste, presque torturé.

— Je ne veux que ton bonheur.

Elle n'en doutait pas. Et cette seule déclaration la touchait plus que toutes les gentillesses qu'on lui avait jamais dites.

Elle l'embrassa. Avec une infinie douceur, il lui rendit son baiser. Soudain, il s'arrêta, prit son visage entre ses mains et la regarda dans les yeux. Puis, comme submergé par la passion, il l'embrassa encore.

Ils s'unirent avec l'intensité du désespoir. Ils firent l'amour comme si le lien entre eux leur était vital. Ils étaient au-delà du désir. Ils avaient besoin l'un de l'autre.

— Qu'est-ce que tu m'as fait ? murmura-t-il ensuite.

— J'allais te poser la même question, repartit-elle avec un petit rire.

— Comment cela ?

— Je suis passée de vierge à… je ne sais pas quoi.

Il l'embrassa.

— A quelle heure faut-il que nous partions ? s'enquit-elle.

— Dans une heure, à peu près.

— Mais mes vêtements !

— Ne t'inquiète pas, il y a un service de nettoyage à sec à une heure d'ici. Je vais les apporter.

— Merci, dit-elle, soulagée.

Il enfila un jean et un T-shirt et sortit en lui lançant un dernier regard passionné.

Quand il revint, Cassie finissait de se sécher les cheveux.

— Encore merci, dit-elle en l'embrassant. J'ai combien de temps ?

— Eh bien, la limousine est là. Alors, disons cinq minutes.

Elle poussa un cri, saisit ses vêtements et referma la porte.

Quand elle rouvrit la porte, Hunter lui lança un regard empli d'admiration.

— Tu es très belle.

— Merci, mais tu as déjà vu ces vêtements hier.

— Cela ne change rien.

Il la prit par la taille et l'entraîna hors de la maison.

— C'est la première fois que je vais aux courses.

— J'espère que tu ne seras pas déçue, répondit-il en lui ouvrant la porte de la limousine.

Elle savait d'avance qu'elle ne le serait pas. Comment être déçue, du moment qu'il était là ?

Il s'installa à côté d'elle et lui passa un bras autour des épaules. Elle se blottit contre lui. Une vague d'émotion la submergea. Pour la première fois de sa vie, elle avait l'impression d'appartenir à quelqu'un. Elle se sentait aimée.

Au bout d'un moment, ils arrivèrent à l'aéroport.

— Que faisons-nous là ? s'étonna Cassie.

— Nous allons à l'hippodrome en hélicoptère.

Décidément, en matière de moyens de transport, il ne manquait pas de ressources : un bateau pour se rendre à une réunion de conseil d'administration, une Mobylette pour aller déjeuner, un hélicoptère pour aller aux courses… Que lui réservait-il encore ?

Toutefois, s'il croyait l'impressionner avec ces extravagances, il se trompait. Elle aurait été tout aussi heureuse de se déplacer à pied.

Un employé les accueillit et les conduisit sur le tarmac où l'appareil attendait. Hunter aida Cassie à monter.

— Quand vas-tu te décider à me dire où nous allons ?

— Enfin, je te l'ai déjà dit. A…

— A l'hippodrome, je sais. Mais où est-il situé ?

— En Floride. A côté de Miami.

L'hélicoptère s'éleva du sol. Quand ils dépassèrent la ligne des toits de Nassau, elle prit la main de Hunter. Vingt minutes plus tard, elle apercevait le littoral de Miami. Parfois, ils passaient si près des grands immeubles de verre qu'ils en apercevaient les occupants.

— C'est là, dit-il en montrant un point du doigt.

Elle retint son souffle tandis que l'hélicoptère se posait sur un étroit bâtiment. La porte s'ouvrit soudain et quelqu'un l'aida à descendre. Puis Hunter la prit par la main et la conduisit jusqu'à la limousine garée au pied du bâtiment sur lequel ils s'étaient posés.

Ils roulèrent une demi-heure pour atteindre la périphérie de Miami. Puis le chauffeur pénétra dans un immense parking et roula jusqu'à l'entrée du champ de courses.

— En piste, dit Hunter en reprenant la main de Cassie.

Ils entrèrent et se rendirent aux guichets de paris. On entendait les encouragements du public dans la tribune. Hunter prit un programme et fit ses paris — tous de cent dollars.

En regardant le programme, Cassie s'arrêta sur un nom.

— Hunter, dit-elle en sortant son carnet de chèques. Cent dollars sur Hunter.

— Quoi ? Il y a un cheval qui s'appelle Hunter ?

— Oui. C'est incroyable, non ? Je crois que c'est un signe. C'est sûrement notre gagnant.

— Il n'a pas tellement de chances, observa Hunter.

— Ah bon ?

Un vieux monsieur très élégant qui se tenait non loin de là se joignit à eux.

— C'est ce qu'on dit, intervint-il en secouant la tête, mais je n'en suis pas si sûr. Plus la distance est longue, mieux il va. Il est un peu long à se mettre en jambes.

— Donc vous pensez qu'il peut gagner ?

— Comme les autres. Il faut de la chance et un cheval qui tienne la distance.

Elle se tourna vers Hunter qui ne paraissait guère convaincu.

— Qu'est-ce qui ne va pas ? le taquina-t-elle. Tu ne crois pas que ton homonyme puisse tenir la distance ?

— On verra bien.

Il sortit son portefeuille et en tira un billet.

— Mademoiselle veut cent dollars sur Hunter.

— Pas question, protesta Cassie. C'est mon pari. A quel ordre dois-je libeller le chèque ?

— Ne sois pas ridicule. C'est moi qui paie.

— J'ai un bon pressentiment.

Elle remplit son chèque mais Hunter ne la laissa pas le donner à la femme du guichet.

— Si tu ranges ce chèque, je mets mille dollars.

— Là, ça devient risqué.

— J'ai un bon pressentiment, repartit-il en souriant. Et puis c'est pour une bonne cause, non ?

Elle rangea son chèque à contrecœur et il sortit sa carte de crédit. La femme lui tendit un ticket qu'il donna à Cassie.

Ils sortirent regarder l'arrivée d'une course.

— Tu as faim ? demanda Hunter. Le restaurant panoramique est juste au-dessus de nous.

— Non, merci.

— Je crois que nos places sont là-bas, dit-il en scrutant la tribune.

Soudain, ils furent accostés par une brune à la poitrine généreuse.

— Hunter ? Oh, c'est bien toi.

Il se retourna. Cassie le sentit se crisper.

— J'ai entendu dire que tu serais là aujourd'hui, dit la femme avant de saluer Cassie froidement.

— Cassie Edwards, la présenta Hunter. Une amie.

— Val Forbes, précisa la femme. J'ai essayé d'appeler ton bureau, mais on m'a dit que tu étais absent.

— C'est vrai, confirma-t-il. J'ai pas mal voyagé ces derniers temps.

— Tu as bonne mine. Vraiment.

Cassie l'observa, intriguée. Il ne s'agissait pas d'une simple vieille copine. Manifestement, ils étaient tombés sur une des nombreuses conquêtes de Hunter. Une conquête dont il ne se rappelait pas le nom. Cassie sentit un courant brûlant lui remonter le long du dos. Elle étudia la femme. Hunter avait-il partagé son lit avec elle ? Si oui, recommencerait-il ?

Cette idée la rendait malade.

— Je vous laisse discuter, dit Cassie en s'éloignant. Nous n'aurons qu'à nous retrouver à nos places.

S'il avait envie de parler à cette belle femme, qu'il le fasse ! Après tout, elle n'avait aucun droit sur lui… D'ailleurs, ne s'était-elle pas interdit de penser à un quelconque avenir avec Hunter ?

Elle décida de se remonter le moral avec une énorme glace, et elle s'apprêtait à la dévorer quand la voix de Hunter derrière elle la fit presque sursauter.

— Je croyais que tu n'avais pas faim.

— Je croyais que tu avais dit que c'était une amie, répliqua-t-elle en s'essuyant le menton.

— C'est le cas. Allez, viens t'asseoir.

Elle lui emboîta le pas, mourant d'envie de lui poser des questions sur Val. Il fallait qu'elle se retienne, ce n'était pas raisonnable…

— Alors, comment l'as-tu connue ? s'entendit-elle demander.

— Tu n'es pas jalouse, au moins ?

— Jalouse ?

C'était absurde. Hunter et elle ne s'étaient rien promis. Alors pourquoi son cœur la brûlait-il ?

— Pas du tout, affirma-t-elle d'un ton détaché.

— Tant mieux, parce qu'on dirait que nous sommes à côté d'elle.

Cassie leva la tête vers la tribune. Les deux places libres au premier rang étaient voisines de celle de la belle brune, elle-même assise à côté d'une blonde sculpturale. En grande conversation, elles ne les avaient pas encore remarqués.

— Quelle chance ! fit-elle avec un enthousiasme forcé.

Quand les présentations eurent de nouveau été faites, Cassie s'assit près de la brune. Malgré elle, elle remarqua que Hunter lui avait lâché la main. Etait-ce parce qu'il ne voulait pas lui témoigner d'attention devant Val ?

Quand ils furent assis, les deux femmes reprirent leur échange. En cinq minutes, Cassie en savait plus sur Val qu'elle n'avait envie d'en savoir. Elle venait de se faire faire une coloration à trois cents dollars. La robe qu'elle portait en avait coûté huit cents. Son dîner de la veille deux cents. Elle était chaussée de Manolo Blahnik. Et malgré une manucure à cent dollars, le vernis de son index gauche était déjà écaillé.

Elle finit tout de même par se tourner vers Cassie.

— J'ai l'impression de vous connaître. Nous sommes-nous déjà vues quelque part ?

— Il y a quelques minutes…

— Non, non, corrigea-t-elle en riant. Avant aujourd'hui.

— Je ne pense pas, non.

— Au bal du gouverneur, à Washington ?

— Non.

— Bah… Cela va finir par me revenir. Attendez. Vous travaillez pour le sénateur… Comment s'appelle-t-il, déjà ?

— Je travaille dans une usine.

Val rit de nouveau.

— Comme c'est bien dit. Le bureau du sénateur est une vraie maison de fous.

— Non, je ne travaille pas au bureau du sénateur. Je suis ouvrière dans une usine.

— Pardon ? fit Val en se penchant vers elle comme si elle avait mal entendu.

— Je travaille dans une usine de l'état de New York.

La nouvelle eut l'effet espéré. Les deux femmes se regardèrent, sidérées. Cassie devinait ce qu'elles devaient se dire. Hunter Axon sort avec une ouvrière ?

Un moment, elle se demanda comment il prendrait sa révélation. En serait-il gêné ?

Ses craintes furent vite dissipées quand il lui passa fièrement un bras autour des épaules.

— Je ne comprends pas, intervint la blonde. Comment vous êtes-vous rencontrés ?

— Hunter a acheté l'usine dans laquelle je travaille.

— Ce que nous ne savions ni l'un ni l'autre quand nous nous sommes connus, ma chérie.

— Comme c'est intéressant, dit Val. Je n'ai jamais rencontré de… enfin, quelqu'un qui travaille dans une usine.

— Moi non plus, fit la blonde. Est-ce aussi ennuyeux que dans les films ?

Quelle prétention ! Cassie se sentit bouillir.

Cependant, elle n'eut pas l'occasion de s'insurger car les partants de la course suivante entraient sur la piste.

— Voilà ton cheval, lui dit Hunter en montrant un alezan longi-ligne.

Un claquement retentit quand ils sortirent des box. Le cheval Hunter prit un bon départ. Elle se prit à espérer. A la fin de la ligne d'en face, il avait remonté presque tout le peloton. Il allait de plus en plus vite. Quand il entra dans la dernière ligne droit, elle se leva et hurla de joie quand il prit la tête et passa le poteau en vainqueur.

Il avait gagné !

En poussant des cris de victoire, Cassie se jeta au cou de Hunter qui la souleva de terre.

— Vous avez gagné ? s'enquit Val.

Elle fit oui de la tête.

— Dommage qu'il s'agisse d'une œuvre caritative, glissa la blonde ; vous auriez gagné beaucoup d'argent.

L'allégresse de Cassie se changea en dédain. Elle plaisantait, ou quoi ? L'argent devait-il donc tout régir ?

— Allons-y, suggéra Hunter en l'entraînant avant qu'elle ait pu dire ce qu'elle pensait.

— Tu t'es bien amusée ? demanda-t-il en lui prenant le bras tandis qu'ils montaient l'escalier.

Elle sourit.

— J'espère que tu m'as pardonné ma remarque idiote de tout à l'heure, ajouta-t-il.

— Laquelle ?

— Touché, concéda-t-il avec un sourire fugace. Celle que j'ai faite à propos de ton statut d'ouvrière d'usine.

— Si je me souviens bien, tu as dit que je n'étais *qu'*ouvrière d'usine.

— Je t'en prie, excuse-moi, dit-il en s'arrêtant et en lui faisant face, le regard assombri par la peine et la culpabilité.

— C'est déjà fait, assura-t-elle en lui caressant la joue.

Mais était-ce bien vrai ? Une chose était sûre, elle n'avait pas oublié.

— Peu m'importe ton métier, Cassie, dit-il comme s'il lisait dans ses pensées.

— Je n'en dirais pas autant de tes amies…

— Ce ne sont pas de vraies amies. Je ne suis pas comme elles. Tu as rencontré mon père. Tu as vu où j'ai été élevé.

— J'ai aussi vu où tu vis maintenant.

Il hésita un instant avant de dire :

— L'avion, les bateaux, la grande maison…, je pourrais tout quitter demain. Ces choses-là ne me définissent pas.

— Comment te définirais-tu, alors ?

— Comme un pêcheur. Et pas très bon, en plus.

Elle ne doutait pas de sa sincérité. Mais pourrait-il vraiment renoncer à ses jouets de luxe ? A sa vie dans la jet-set ? A ses admiratrices ? Elle en était moins sûre.

Néanmoins, il attachait manifestement de l'importance à l'opinion de Cassie. Il voulait qu'elle l'apprécie.

Cette découverte lui fit un plaisir auquel elle préférait ne pas trop réfléchir.

— Alors comme cela, tu es mauvais pêcheur ?

Il sourit, de ce sourire irrésistible et sexy qui faisait battre son cœur si fort.

— Pire que cela encore. C'est pour cela que j'ai décidé d'aller en pension. J'ai compris que ma seule chance de survivre était de quitter l'île.

Ils présentèrent leur ticket gagnant au guichet. En échange, Cassie se vit remettre un reçu sur lequel il était écrit : « Merci pour votre don de cent mille dollars ».

Un don de cent mille dollars à une œuvre de charité.

Cela lui donnait envie de l'embrasser, ce dont elle ne se priva pas. Au moment où leurs lèvres se joignaient, un coup de tonnerre éclata. On annonça que les courses suivantes étaient reportées.

Hunter prit Cassie par la main et l'entraîna dehors au moment où les premières gouttes tombaient. Il l'embrassa de nouveau, plus fort. Elle eut vaguement conscience d'un tohu-bohu autour d'eux alors que les gens quittaient l'hippodrome.

Il lui passa un bras autour de la taille. Le vent se leva et les palmiers se mirent à osciller.

La pluie se mit à tomber plus dru mais ils ne bougèrent pas. Ils restèrent là, dans les bras l'un de l'autre, comme s'ils étaient seuls au monde.

11.

En se réveillant le lendemain matin, Hunter resta couché à regarder Cassie dormir. En temps normal, il sautait du lit et courait au bureau. Pas ce matin. Quand il l'avait sentie entre ses bras, c'était comme si le temps s'était arrêté. Il n'avait jamais rien éprouvé de tel. Pour la première fois de sa vie, il n'aurait pas préféré être ailleurs, ni avec quelqu'un d'autre.

Il avait su dès leur rencontre que Cassie était exceptionnelle. Chaque jour qui passait le lui confirmait.

La façon dont elle avait réagi la veille, par exemple. Aux prises avec deux pimbêches snobs, loin de se laisser démonter, elle les avait même remises à leur place.

Et lui aussi, par la même occasion.

« Tu te contenterais de n'être qu'une ouvrière ». Il rougit en repensant à ce qu'il avait osé lui dire. Tout à coup, le caractère insultant de ses propos lui sautait aux yeux. Elle avait eu raison de se mettre en colère.

Malgré lui, il ne pouvait s'empêcher de penser qu'elle pouvait mieux faire. Qu'une femme aussi intelligente et douée qu'elle ne pouvait pas se satisfaire de fabriquer du tissu pour un salaire minimum.

Mais avait-il raison ?

Après tout, elle gagnait convenablement sa vie en exerçant un beau métier. Mieux, elle travaillait avec des gens qu'elle aimait et le soir, elle rentrait chez elle en sachant qu'elle avait contribué à créer de jolies choses.

Combien de gens pouvaient en dire autant ?

Pas lui, en tout cas.

Axon Enterprises était une machine à gagner de l'argent. Elle n'avait rien d'humain. Les bénéfices et la réussite y tenaient une place bien plus importante que l'éthique.

Il était le premier à reconnaître qu'il n'avait pas choisi une voie facile. Hormis son père et quelques amis d'enfance, il ne faisait confiance à personne. Et il était bien placé pour savoir que l'argent ne faisait pas le bonheur. Il possédait une maison dans laquelle il vivait à peine, un bateau dont il ne se servait jamais. Il s'était habitué à mener une vie vide de sens.

Ce qu'il n'avait jamais perçu autant qu'en ce moment.

Il fallait qu'il prouve à Cassie qu'il n'était pas l'homme froid et impitoyable qu'elle imaginait. Un frisson lui parcourut l'échine. Et si elle avait raison ? Et s'il n'était qu'un homme d'affaires insensible, incapable de faire attention aux gens autour de lui ? Un homme de cœur renverrait-il des ouvriers qui avaient travaillé toute leur vie dans la même usine ?

Il repoussa les couvertures et s'assit au bord du lit, la tête entre les mains. Qu'est-ce qui lui arrivait ? Pourquoi tenait-il soudain tant à prouver la moralité de ce qu'il faisait ?

Cassie.

Il la regarda de nouveau. Elle n'avait pas bougé. Elle était si belle…

Elle l'ensorcelait.

Avec elle, il était forcé d'affronter les problèmes qu'il niait depuis trop longtemps. Elle avait sur lui un pouvoir aussi fort qu'indéniable. Elle le poussait à devenir meilleur.

Comment était-ce possible ? Il la connaissait à peine.

Cela ne semblait pas avoir d'importance. Il voulait l'aider.

Malgré ses protestations, il savait qu'elle ne se rendait pas pleinement compte de la difficulté qu'il y aurait à augmenter les revenus du tissage déjà endetté, et dont la productivité était très inférieure à celle des usines modernes.

La plupart des tissages comme celui-ci avaient d'ailleurs fermé, délocalisé la production ou remplacé les gens par des ordinateurs.

Mais si Demion Mills était seul à fabriquer Bodyguard ?

Il n'avait pas consenti à revendre le brevet aux ouvriers. Cependant, l'usine valait-elle quelque chose sans lui ?

A l'inverse, le brevet pourrait-il sauver l'usine ?

Sans doute pas. Oliver Demion l'avait compris. Quand il s'était rendu compte que le tissu que sa famille fabriquait pour garnir des fauteuils de jardin pourrait servir à faire des sous-vêtements absorbants pour les sportifs, il avait fait la seule chose intelligente possible : vendre le brevet avec l'usine. Il savait que le brevet valait une petite fortune mais que l'usine n'avait pas d'argent à injecter dans le marketing.

N'empêche que sans le brevet, Cassie et ses amis ne se maintiendraient pas à flot. D'ici un an ou deux, ils seraient contraints de déposer le bilan.

Oui, mais la mise sur le marché de Bodyguard demandait une somme substantielle dont Demion Mills ne disposait pas.

Alors que devait-il faire ? Que pouvait-il faire ?

— A quoi penses-tu ? demanda-t-elle en ouvrant les yeux.

— A toi.

Elle lui caressa la joue en souriant avant de demander :

— Quelle heure est-il ?

— Près de 9 heures.

Elle s'assit brusquement.

— Il faut que je rentre à Shanville.

— J'y vais avec toi.

— A Shanville ?

— Oui. Je veux parler à certains des artisans et prendre la température de vos capacités de production.

— Ah. D'accord. Pourquoi ?

— Parce que...

Il s'interrompit. Il ne voulait pas lui dire qu'il envisageait de lui rendre le brevet tant qu'il n'était pas sûr que l'usine pouvait assurer la production.

— J'ai des choses à faire pour préparer la transaction.

— Tu n'as pas de regrets, au moins ? s'inquiéta-t-elle en retirant sa main.

N'avait-elle donc toujours pas confiance en lui ?

— Non. Je veux toujours vous vendre l'usine. Mais cela reste compliqué. Je ne veux pas que vous échouiez.

— Tu n'as pas à t'inquiéter. Nous hypothéquons notre maison, tu te souviens ?

— Donc je devrais être satisfait de savoir que je risque de saisir toutes les maisons de la ville ?

Elle hésita. Une ombre d'inquiétude passa sur son visage.

— Tu aimerais mieux avoir ton argent, conclut-elle.

Il lut de la déception dans ses yeux.

Elle se trompait. Ce n'était pas une question d'argent. Pas cette fois. Pourtant, il ne le lui dit pas. Il avait besoin de lui prouver qu'il pouvait se conduire honorablement. Il avait besoin qu'elle lui fasse confiance.

Il l'embrassa tendrement sur l'épaule.

— Habille-toi, dit-il calmement. Nous avons du travail.

Au milieu de l'atelier, Cassie regardait autour d'elle. Le vol de retour n'avait pris que trois heures mais elle se sentait à des années-lumière de l'ambiance glamour du monde de Hunter. Elle avait l'impression d'avoir remonté le temps pour se retrouver dans une grande salle encombrée de machines d'époque victorienne. Elle ferma les yeux et écouta le claquement familier des lattes de bois sur les fils de soie.

Elle était entourée de ses amis de toujours.

Elle leur avait appris que leur offre était acceptée. Au lieu de la joie et de l'allégresse qu'elle espérait, c'était un silence calme qui avait accueilli la nouvelle. Car tous savaient que malgré ce premier pas, la partie était loin d'être gagnée.

— Cassie, dit Luanne en lui posant la main sur le bras, tu as bien fait. Et nous te sommes tous reconnaissants.

— Luanne a raison, renchérit Ruby. Tu as sauvé notre usine toute seule. Ta grand-mère serait fière de toi.

— Et elle serait heureuse que tu aies rompu avec Oliver après ce qu'il nous a fait.

— Nous allons récupérer le tissage, dit Cassie. Le passé est le passé.

— Mais nous n'avons pas le brevet, rappela Luanne.

— Non.

Ils ne l'auraient jamais. Il avait trop de valeur. Hunter n'accepterait jamais de le leur vendre le prix qu'ils offraient.

— Bah…, dit Luanne en haussant les épaules. On ne peut pas reprocher à Oliver d'avoir voulu gagner de l'argent.

— Si, on peut le lui reprocher, répliqua Priscilla qui avait toujours travaillé au tissage.

Cassie comprenait leur colère. Mais elle ne ressentait plus rien pour Oliver, ni en bien ni en mal. Hunter accaparait tout son esprit. Elle ne pensait qu'à lui, à ce qu'il avait fait, à ce qu'il avait dit. A la façon dont il l'avait touchée, dont ils s'étaient embrassés.

Elle avait l'impression qu'il possédait non seulement son corps, mais son âme, et cela la troublait.

En un sens, elle regrettait d'avoir découvert l'homme qui se cachait derrière le requin, le petit garçon qui avait appris très tôt que l'argent permettait de survivre, qui avait perdu sa grand-mère puis la femme qu'il aimait.

Toutefois, découvrir pourquoi il était devenu *raider* ne revenait pas à l'accepter. Et elle ne pourrait jamais le convaincre de vivre autrement.

Si ?

Après tout, il tenait manifestement à l'aider. Cela, au moins, était louable.

La vérité, c'était qu'elle voulait lui donner une chance. L'homme avec qui elle avait passé du temps était capable de beaucoup d'attention et de gentillesse. Elle en était sûre.

L'homme qui l'avait tenue dans ses bras, qui l'avait regardée dans les yeux en lui faisant l'amour pourrait-il lui prendre sa maison ?

Mais n'était-ce pas ce qu'il venait de menacer de faire ?

L'ennui, c'était qu'elle mélangeait déjà les affaires et le plaisir. Or elle doutait que Hunter commette la même erreur.

Il avait paru si distant, dans l'avion… Il lui avait à peine parlé, préférant travailler sur son ordinateur. Sans rien à faire, elle s'était sentie mal à l'aise, presque gênée.

— Je ne comprends pas ce qu'il fait encore là, dit Ruby.

— Qui ?

— Hunter Axon.

Cassie rougit en entendant le nom de son amant. Elle n'avait encore parlé à personne de leur liaison.

— Il voulait parler de production avec nous.

— En quoi cela l'intéresse-t-il, s'il nous vend le tissage ?

— Il finance le rachat, rappela Luanne.

— Il n'a pas envie de nous voir échouer, expliqua Cassie. Sinon, il ne reverra pas son argent.

— C'est pour ça ? Ou se sent-il investi personnellement dans notre réussite ?

Cassie ne pouvait pas répondre à sa vieille amie. Comment lui expliquer qu'elle était tombée amoureuse de l'homme qu'elles considéraient comme un ennemi ?

Priscilla posa la main sur la sienne.

— Il ne veut pas te faire souffrir, c'est ça ?

— C'est un homme bien…, répondit Cassie en bafouillant. Je sais que vous avez tous vu un côté de lui… moins flatteur, mais…

— Nous le savons, Cassie. Il nous rend notre tissage.

— Et je suis ravie pour toi, assura Luanne. Après Oliver, j'espérais que tu rencontrerais vite quelqu'un. Mais qui veux-tu rencontrer par ici ? conclut-elle en levant les yeux au ciel.

Cassie regarda autour d'elle. Tout le monde hochait la tête en signe de soutien.

— Je n'avais pas prévu que cela arriverait. D'ailleurs, je doute que… ce qu'il peut y avoir entre nous aboutisse à quelque chose. Je suis désolée, conclut-elle dans un soupir. Je n'aurais jamais dû sortir avec lui.

— Il est revenu, non ? fit valoir Luanne. Il tient donc à toi.

Cassie hésita. Elle aurait tant voulu le croire…

— Si j'étais toi, je lui laisserais une chance. C'est un homme important et occupé. Et il essaie de nous aider. Cela veut dire quelque chose.

Luanne avait raison. Il était revenu.

Il y avait de l'espoir. Vraiment.

— Vous plaisantez, dit Willa en fixant Hunter du regard.

Hunter venait de lui exposer ses plans.

— Pas du tout, répondit-il.

— Vous vous rendez compte des heures que j'ai passées sur ce projet ?

— Vous serez rémunérée comme d'habitude, Willa.

— C'est de la folie ! Vous risquez de perdre des millions.

Il appréciait la sollicitude de Willa mais tout ce qu'elle lui disait, il le savait déjà. Cependant, il ne pouvait laisser Cassie à Shanville avec une usine au bord de la faillite.

— Vous oubliez que le marché auquel je pense nous laisserait un pourcentage des bénéfices du brevet.

— Ce brevet ne vaut rien sans marketing.

— C'est pourquoi nous les aiderons.

— Pourquoi ne pas le produire nous-mêmes ? Pourquoi partager les gains ?

— Il y a plus en jeu que de l'argent. Ces gens… enfin, ils ont investi toute leur vie dans l'usine.

— Et alors ? Cela ne vous a jamais arrêté, dans le passé.

Que répondre ? Elle avait raison. Il ne s'en était jamais soucié. Jusqu'à maintenant. Désormais, tout était différent. Les gens de Shanville n'étaient plus pour lui des ouvriers anonymes. Il ne pouvait plus se convaincre que leur prendre l'usine était dans leur intérêt.

— Allons, Hunter, reprenez-vous ! Tout est de la faute de cette ouvrière, persifla-t-elle.

Inutile de lui demander de qui elle parlait. Comment osait-elle évoquer Cassie sur ce ton méprisant ?

— Elle essaie de sauver son emploi. C'est naturel.

— Elle ne veut pas sauver l'usine, elle veut se venger.

— Se venger ?

— Vous n'êtes pas au courant ? Cassie et Oliver étaient fiancés.

Hunter hésita. Ce n'était pas possible. Cassie et… Oliver ? L'homme à qui il avait acheté l'usine ? L'homme qui suivait Willa partout comme un petit chien ?

— Oliver Demion ? s'entendit-il demander.

— Apparemment, elle était amoureuse de lui depuis l'enfance. Mais lui ne l'a jamais vraiment aimée. Il s'est fiancé parce qu'il s'y sentait obligé. Ils étaient ensemble depuis qu'ils étaient gamins.

Hunter ne dit rien. Pourquoi Cassie ne lui avait-elle pas révélé qu'Oliver avait été son fiancé ?

— Mais quand il m'a rencontrée, poursuivit Willa, il a su qu'il devait rompre avec elle. Elle a été bouleversée. Pauvre Oliver, il se sentait si coupable. Enfin, jusqu'à ce qu'elle jure de se venger.

Hunter n'en croyait pas ses oreilles. Ce ne pouvait pas être vrai. Cassie, animée par un désir de vengeance ?

— Oliver avait prédit qu'elle jetterait son dévolu sur vous. Mais je dois dire que je n'aurais jamais cru que vous tomberiez dans le panneau. Et encore moins qu'elle vous convaincrait de lui vendre la société.

Cela suffisait. Il en avait assez entendu.

— Je n'ai pas de temps à perdre en commérages, Willa. Et vous non plus.

Sur quoi il sortit et se rendit dans son bureau. S'était-il trompé sur le compte de Cassie ? Jouait-elle avec lui depuis le début pour obtenir ce qu'elle voulait ?

S'était-il laissé manœuvrer aveuglément ?

Après tout, cela lui était déjà arrivé. Il avait cru connaître Lisa, et tout le monde avait vu clair dans son jeu, sauf lui.

Il avait juré qu'on ne l'y reprendrait plus. Il avait connu beaucoup de femmes depuis Lisa et il se croyait capable de trier le bon grain de l'ivraie.

Mais peut-être s'était-il surestimé. Peut-être Willa avait-elle raison. Peut-être Cassie se servait-elle de lui pour tenter de récupérer son ancien amour.

Il sentit son cœur se fermer. Il le lui avait trop ouvert, trop vite. Il ne lui restait plus qu'à en payer le prix.

Que faire ?

Il tenait trop à elle pour s'en aller et la laisser en plan avec une entreprise vouée à la faillite.

Non. Il ferait ce qui lui paraissait juste. Il lui donnerait l'usine, et le brevet.

Et ensuite, ce serait fini. Sa relation avec Cassie ne serait plus que professionnelle.

Si elle cherchait à se venger, il faudrait qu'elle se débrouille seule.

12.

Cassie regardait le téléphone. Il était près de 21 heures et Hunter n'avait pas appelé.

Qu'est-ce que cela signifiait ? Qu'il était simplement occupé ? Ou qu'il avait pris une décision qui ne lui plairait pas au sujet de l'usine ?

Mais quelle décision ? Il lui avait dit qu'il la leur vendrait. Elle le croyait. Il ne ferait pas machine arrière.

Alors qu'y avait-il ? Pourquoi n'appelait-il pas ?

Elle avait entendu dire qu'il partait le lendemain et qu'il passait la nuit à l'hôtel. Elle avait cru qu'il réservait une chambre pour sauver les apparences. Il ne lui était pas venu à l'esprit qu'il comptait vraiment y dormir. Seul.

Elle avala sa salive. Peut-être n'appelait-il pas pour une raison plus personnelle ?

Elle se leva et alla à la fenêtre. Un vent glacial agitait les volets et s'insinuait dans les fentes. Malgré son cardigan de laine, elle frissonna.

Comment croire que, la nuit précédente, elle dormait nue, caressée par la brise tiède qui entrait par la porte-fenêtre ? Et comment croire que l'homme avec qui elle avait partagé un lit, l'homme qui lui avait fait l'amour passionnément, tendrement, ne s'intéressait plus à elle ?

Elle imagina le pire. Peut-être les jugeait-il trop différents. Peut-être s'était-il lassé d'elle. Peut-être n'avait-il jamais vraiment tenu à elle. Peut-être…, peut-être était-ce fini.

Si c'était fini, cela ne devrait pas l'étonner. Dès le début, elle savait que c'était risqué. Que leur relation finirait par s'achever.

Peut-être. Mais elle avait un peu espéré qu'un miracle se produirait, que Hunter tenait à elle. Que quand ils faisaient l'amour, elle comptait autant pour lui que lui pour elle.

Se trompait-elle ?

Il semblait difficile de croire à un si rapide revirement de sentiments. Cependant, dès qu'ils avaient quitté les Bahamas, elle avait senti une différence. Une différence subtile, mais indéniable. Il s'était un peu raidi, rétracté.

Mais de là à quitter la ville sans même lui dire au revoir ?

Allons, se reprit-elle, pourquoi disséquer ainsi ses moindres faits et gestes ? S'il n'avait pas appelé, c'était sûrement pour une raison moins dramatique. Il était sans doute distrait par son travail, tout simplement.

A moins qu'il n'ait pas l'intention de l'appeler. Ni maintenant ni jamais.

Elle regarda de nouveau le téléphone, puis sa montre. Elle savait où il était descendu. S'il s'était lassé d'elle, s'il avait envie de rompre, elle voulait l'entendre le lui dire en personne.

Hunter retira sa montre et la posa sur la table de chevet. Puis il ôta ses boutons de manchette et se mit en devoir de déboutonner sa chemise. Il pensait à Cassie, comme il l'avait fait toute la journée.

Il avait passé l'après-midi et la soirée terré dans un bureau vide à travailler pour tenter de se distraire de la douleur qui s'était emparée de son cœur. En vain.

Bon sang ! Comment avait-il pu être aussi naïf ?

Il refusait de croire que leur relation fût fondée sur la vengeance, mais les faits prouvaient le contraire. Pourquoi ne lui avait-elle pas dit qui était son ex-fiancé ? Pourquoi était-elle prête à renoncer à sa carrière de photographe pour sauver l'usine ? Pourquoi avait-elle offert sa virginité à un inconnu ?

Par amour.

Par amour pour un autre que lui.

Il fut tiré de ses pensées moroses par quelques coups frappés à sa porte.

— Entrez, dit-il en aboyant.

Cassie ouvrit la porte.

Sa vue lui coupa le souffle, mais il se reprit. Il ne devait pas céder. Il fallait qu'il garde le contrôle. Il se détourna et continua de déboutonner sa chemise.

— Qu'est-ce que tu fais là ?

Il l'entendit refermer la porte.

— Quel accueil ! dit-elle calmement. Que se passe-t-il ?

— Je suis fatigué, Cassie. Ce n'est pas tous les jours que je rends une société à ses ouvriers.

— Alors c'est cela ? Tu as des regrets ?

— Cela changerait-il quelque chose ?

Elle baissa les yeux sans répondre.

— Non, bien sûr, dit-il avec amertume. Je m'en doutais.

Elle le regarda, interloquée.

— Mais de quoi parles-tu ?

Il fit un pas vers elle. Il devinait le contour de ses seins sous sa veste. Son jean semblait collé à ses hanches minces.

Il se sentait faiblir. Dieu, qu'elle était belle !

— Cassie, si ce n'est pas l'argent qui te motive, qu'est-ce que c'est ?

— Je te l'ai dit, ce tissage est notre histoire, notre cœur. Certains y ont travaillé toute leur vie et ne pourront pas passer à autre chose.

— Mais toi, si, n'est-ce pas ?

— Nous en avons déjà parlé. Il ne s'agit pas de moi.

— Donc tu n'as pas de raisons… personnelles de vouloir récupérer l'usine ?

— Bien sûr que si. J'aime cette usine, j'aime tisser.

— Et Oliver ? Tu l'aimes aussi ?

Elle avala sa salive. Il la vit changer à l'évocation du nom d'Oliver. Une vive douleur le traversa. Ainsi, c'était vrai.

— Pourquoi ne m'as-tu rien dit ?

— Je n'essayais pas de garder son identité secrète. Je te l'aurais dit si j'avais jugé que c'était important. Mais il n'avait rien à voir avec nous, ni avec ce que je voulais.

— C'était donc Oliver, ton petit ami de toujours ?

— Oui. Tout le monde pensait que nous allions nous marier, moi comprise.

Il avait l'impression qu'on lui tordait le cœur. Il détestait ce sentiment d'insécurité, d'incertitude.

— La rupture a dû être douloureuse, pour toi, dit-il doucement.

— Pas pour les raisons que tu crois. Il a été pénible de découvrir que l'être que je croyais avoir aimé n'existait plus. Le garçon qu'il était avant, notre ancienne amitié me manquaient. Malgré tout, je me rendais compte qu'il nous rendait service à tous deux. Il n'y a jamais eu de passion entre nous.

Pas de passion ? Était-ce bien vrai ? se surprit-il à espérer. Si elle était encore vierge, c'était par manque d'attirance physique ?

Il avait envie de la croire. Il avait envie de penser qu'elle lui avait fait le précieux cadeau de sa première fois à cause du lien, de l'étincelle qu'il y avait eu entre eux. Pas pour tenter d'effacer les caresses d'un autre.

Cassie ne s'était pas attendue à ce feu de questions sur Oliver. Que se passait-il ? Pourquoi Hunter lui en voulait-il ?

— Hunter… je suis désolée. C'est cela qui te contrarie ? Le fait que j'aie été fiancée à Oliver ?

— Bien sûr que non, répliqua-t-il les yeux brillant de colère. Pourquoi me soucierais-je de ton passé amoureux ?

S'il voulait la blesser, il avait réussi. Pourquoi ? Mais parce qu'elle voulait qu'il s'en soucie. Elle voulait qu'il l'aime.

— Mes inquiétudes sont uniquement professionnelles, dit-il froidement. Je ne veux pas qu'Axon Enterprises se trouve mêlé à une simple dispute domestique.

Une dispute domestique ?

— Tu crois que je veux racheter le tissage pour faire enrager Oliver ?

— C'est le cas ?

Elle se tut, à court de mots. Comment pouvait-il la croire capable d'un tel acte ? Pensait-il qu'elle aurait risqué les indemnités de licenciement de ses amis par vengeance ?

A son attitude, elle devinait que non seulement il le croyait, mais qu'il en était convaincu. Ce qu'elle pourrait dire n'y changerait rien. Si elle protestait, elle semblerait sur la défensive.

Son cœur se serra.

Pourquoi ne lui avait-elle pas parlé plus tôt d'Oliver ? Elle aurait dû se douter qu'il finirait par apprendre le nom de son ex-fiancé.

— Hunter…, dit-elle en s'approchant de lui.

Il recula. Le message était clair : il la rejetait.

— J'ai eu tort de venir ici, dit-elle la main sur la poignée de la porte. Désolée de t'avoir dérangé.

Avant qu'elle ait pu sortir, il la retint par le bras et l'attira à lui. Il plongea les yeux dans les siens comme s'il y cherchait quelque chose.

— Tu ne m'as pas répondu. Rachètes-tu l'usine par dépit ?

— Non.

Les yeux sombres de Hunter trahissaient sa colère.

C'était fini. A cette idée, la douleur lui perça le cœur.

— Pourquoi es-tu venue ici ce soir ?

— Je suis venue te voir. Je ne supportais que tu sois encore en ville mais pas avec moi.

Il se détourna, mais pas assez vite. Elle avait surpris une lueur plus douce dans son regard. Une lueur d'espoir.

Soudain, elle comprit. Il était jaloux d'Oliver !

Etait-ce possible ?

Comment pouvait-il être jaloux d'un homme qu'elle n'avait jamais désiré ? Si elle n'avait jamais cité le nom d'Oliver, elle lui avait parlé du manque de passion de leur relation. Sa virginité n'en était-elle pas la preuve ?

— Je n'ai jamais été amoureuse d'Oliver. Jamais. Je tenais à lui comme à un frère.

— Tu étais quand même prête à l'épouser !

— Nous étions au lycée quand nous nous sommes fiancés. A l'époque, c'était mon meilleur ami. Je ne pensais pas qu'il deviendrait aussi fourbe, motivé uniquement par l'argent. Avec le recul, je me rends compte que j'aurais dû rompre depuis longtemps. J'aurais dû te parler de lui, mais les moments que nous passions ensemble étaient si précieux à mes yeux, si… si magiques… Je ne voulais pas les ternir en parlant d'Oliver.

Il la regardait comme s'il se demandait que faire d'elle.

Elle détourna les yeux et demanda :

— Tu veux que je m'en aille ?

Elle retint son souffle en attendant sa réponse.

— Non.

Elle le regarda de nouveau. Les yeux de Hunter s'éclairaient devant elle, se faisaient de nouveau tendres.

Elle s'approcha de lui et posa la main sur son torse nu en respirant le parfum épicé de son après-rasage. Elle allait lui prouver combien elle tenait à lui.

Il ne la toucha pas mais tourna légèrement la tête.

— Qu'est-ce que tu me fais ? dit-il d'une voix rauque.

Elle n'était pas prête à abandonner. Elle se pencha en avant pour l'embrasser. Aussitôt, il sentit des flammes courir dans ses veines. Il l'attira contre lui et lui couvrit le visage de baisers. Elle écarta les pans de sa chemise pour le caresser.

Il prit une brusque inspiration quand elle glissa les doigts dans la ceinture de son pantalon.

Il lui prit les deux mains. Pourquoi l'arrêtait-il ?

— J'ai envie de te voir, dit-il en la regardant dans les yeux.

— Quoi ?

— J'ai envie de te voir. De voir ton corps.

— Tu veux que je me déshabille ? Très bien, je reviens tout de suite, dit-elle en se dirigeant vers la salle de bains.

— Non, ici, précisa-t-il en la faisant revenir vers lui. J'ai envie de te regarder.

Voulait-il qu'elle joue les stripteaseuses ? se demanda-t-elle nerveusement.

Cette idée la fit rougir. Mais pourquoi être gênée ? Il l'avait déjà vue nue.

Il la regardait attentivement. S'agissait-il d'une espèce de test ? En tout cas, elle était prête à relever le défi. Sans répondre, elle enleva ses chaussures. Puis elle se planta devant lui et le regarda dans les yeux. Lentement, elle déboutonna son pantalon et prit tout son temps pour le faire descendre sur ses hanches ondulantes.

Le regard de Hunter s'assombrit et son souffle se fit plus court quand elle retira son col roulé et le laissa tomber à ses pieds. En petite tenue, elle s'arrêta. Elle resta devant lui à attiser son impatience. Puis elle dégrafa son soutien-gorge et le lança sur le lit. Ensuite, elle glissa les pouces des deux côtés de son slip qu'elle fit glisser sur ses cuisses sans se presser.

La passion qu'elle éveillait en lui l'enhardit. Elle se rendait compte de l'effet qu'elle lui faisait. Après avoir passé la journée à attendre qu'il se manifeste, elle contrôlait enfin la situation. Et elle n'était pas prête à lui laisser les rênes. Au lieu de se cacher sous les couvertures, elle resta là à le regarder respirer de plus en plus vite.

— Et maintenant ? finit-elle par demander.

Il lui tendit la main, et l'attira sur le lit.

— Je vais te faire l'amour, ma chérie, encore et encore, murmura-t-il en la couvrant de caresses brûlantes.

Bientôt, leurs deux corps ne firent plus qu'un, et la passion les emporta dans sa course effrénée. C'était comme si le temps ne comptait plus, comme si rien ne parvenait à apaiser leur désir, presque douloureux. Enfin, ils atteignirent les sommets du plaisir, et se laissèrent transporter par la volupté.

— J'aimerais que nous puissions toujours rester comme cela, murmura-t-elle ensuite tandis qu'ils reposaient, enlacés.

Mais Hunter ne répondit pas. Il fit semblant de dormir, retira son bras et lui tourna le dos.

Des heures plus tard, Cassie ne dormait toujours pas.

Pourquoi ne lui avait-il pas répondu ? Pourquoi s'était-il retourné ?

Elle n'avait même pas besoin de lui poser la question pour le savoir. Hunter ne partageait pas ses sentiments.

Comme avait-elle pu le croire jaloux d'Oliver ? En réalité, il était distant depuis qu'ils étaient montés à bord de l'avion qui les avait ramenés à Shanville, avant qu'il n'apprenne son ancienne relation avec Oliver. Cette histoire ne lui avait fourni qu'une excuse facile pour s'échapper.

Non, la raison de l'éloignement de Hunter était sûrement que leur relation était allée trop vite. Et le fait qu'elle vienne dans sa chambre d'hôtel n'avait rien arrangé.

Mais alors, s'il ne s'intéressait pas à elle, comment avait-il pu lui faire l'amour ?

Parce que c'était un homme. Pour lui, le sexe n'avait rien à voir avec l'amour.

Elle se sentit idiote. Pourquoi ne parvenait-elle pas à garder son sang-froid ? Pourquoi fallait-il qu'elle se montre aussi… dépendante ?

La vérité, c'était que leur relation était condamnée depuis le soir de leur rencontre, le soir où ils avaient fait l'amour pour la première fois. Sa grand-mère l'avait bien prévenue que, faire l'amour changeait les choses entre un homme et une femme. Selon elle, c'était le plus intime des liens. Un lien qui, pour certaines femmes, était indéfectible.

Cassie s'était fixé pour règle de ne pas faire l'amour avant le mariage. Comme elle l'avait dit à Hunter, avec Oliver, cela n'avait pas été difficile. A l'époque, elle n'était pas possédée par ce désir instinctif et tout-puissant qui la poussait vers Hunter.

Mais maintenant qu'elle avait connu ce genre de passion, sa vie s'en trouvait changée pour toujours. Elle allait se sentir liée à Hunter à jamais. Alors qu'elle ne représentait rien pour lui. Tout juste un numéro de plus à la liste de ses conquêtes. Un numéro dont il oublierait vite jusqu'au nom.

Elle repoussa doucement les couvertures et se leva. Dans le noir, elle retrouva ses vêtements et les enfila. Puis elle s'arrêta et le regarda. Il était temps de lui dire au revoir.

Mais alors qu'elle tournait les talons, il la retint d'une poigne de fer.

— Où vas-tu ? voulut-il savoir.

— Chez moi.

— Pourquoi ?

— Je…, il faut que je rentre, bredouilla-t-elle non sans se rappeler qu'elle devait rester détachée. Il faut que je me lève tôt et je n'ai pas mes vêtements ici.

Il lui lâcha le bras et s'assit dans le lit.

— Très bien, finit-il par dire d'une voix sourde.

Très bien. Il fallait seulement qu'elle ramasse son sac et qu'elle sorte. Avant de se mettre à pleurer.

— Attends, l'arrêta-t-il en rejetant les couvertures et en se levant. Je te raccompagne.

Elle protesta, mais il était déjà en train de s'habiller.

C'était sans doute comme ça qu'il se comportait avec ses conquêtes d'un jour, songea-t-elle avec un pincement au cœur. Il les raccompagnait chez elles après leur avoir fait l'amour, afin d'être bien sûr de ne pas avoir à se réveiller auprès d'elles le lendemain.

Cette idée la glaça. Il ne voulait pas d'elle à ses côtés. Il voulait être sûr qu'elle le laisserait enfin en paix.

13.

Ce n'était pas la première fois que Hunter raccompagnait une femme chez elle après avoir fait l'amour avec elle. Il aimait mieux cela que passer toute la nuit en sa compagnie. Il trouvait le fait de dormir avec quelqu'un encore plus intime qu'un acte sexuel.

Mais en général, il n'invitait pas une femme dans son propre lit. Il s'arrangeait pour aller chez elles, ou à l'hôtel : il préférait pouvoir s'en aller quand il le voulait. C'était le seul moyen d'éviter les pièges, les discussions à n'en plus finir, et les chagrins d'amour.

D'ailleurs, il choisissait des femmes qui ne recherchaient qu'une aventure. Et si par hasard les choses changeaient, il reconnaissait très vite les signes. Quand une femme avait envie de rencontrer sa famille, c'était qu'elle avait déjà un pied dans la porte. Donc, si le sujet était abordé, c'était qu'il était allé un peu trop loin dans la relation.

Pour autant, il s'efforçait toujours d'être honnête. Il n'avait jamais rien promis. Jusqu'à maintenant. Et voilà où cela l'avait mené. Il avait failli commettre une erreur. A moins que ce ne soit déjà trop tard ?

Cassie avait affirmé qu'elle ne ressentait plus rien pour Oliver. Que si elle avait besoin de l'usine, si elle avait besoin de lui, ce n'était pas par vengeance.

Mais il avait du mal à la croire. Non qu'il n'en eût pas envie. Il avait espéré que les choses seraient différentes avec elle. Il avait eu envie qu'ils fassent mieux connaissance. Il n'avait pas voulu appliquer ses règles habituelles sur les relations et l'engagement.

Il avait fait une exception et il avait bien failli le payer.

En sortant, ils furent frappés par une bouffée d'air glacé. Le vent était retombé et la nuit était étrangement silencieuse. Le bruit de leurs pas résonnait dans le parking désert tandis qu'ils s'approchaient d'une vieille Ford verte.

— Voilà mon bolide, annonça Cassie.

— Je vais conduire.

Quand ils furent installés, il tourna la clé de contact. Rien.

— Parfois, il faut faire plusieurs essais, expliqua-t-elle. Je dois la faire réviser.

Le moteur finit par vrombir. Comme toujours, la voiture se mit à se secouer dans un bruit de ferraille.

— Je ne suis pas expert en matière de voitures, mais je suis prêt à parier que celle-ci a besoin de faire un tour au garage.

— Le plus proche est à une demi-heure, et il est très cher.

— Je vais m'en occuper.

— Non !

Elle était mortifiée. Pourquoi avoir précisé que c'était cher ? Et pourquoi, alors qu'il ne voulait manifestement plus rien avoir à faire avec elle, proposait-il de faire réparer sa voiture ?

— Je ne veux pas que tu t'en charges.

— Pourquoi ?

— Parce que je peux me débrouiller toute seule.

Ils roulèrent un moment. Un silence pesant s'était installé dans la voiture. Cassie se sentait envahie par un sentiment de perte. Comment en étaient-ils arrivés là ? Comment pouvait-on être à la fois aussi intime et aussi distant ?

Il s'arrêta dans l'allée devant chez elle et s'arrêta. Une fois de plus, le temps des adieux était arrivé.

— Merci, dit-elle.

Son regard le frappa en plein cœur. Ses yeux. Ils étaient presque lumineux au clair de lune. Ouverts, confiants, mais aussi blessés. Il ne pouvait retourner à l'hôtel. Pas sans elle.

Il coupa le contact et tendit les clés à Cassie.

— Tu ne repars pas ? s'étonna-t-elle.

— Cela dépend de toi.

— Hunter, je ne veux pas que tu restes parce que tu as l'impression que je fais pression sur toi.

— Pression ?

— Je sais que tu essaies de te conduire de façon honorable, mais je n'avais pas l'intention de passer toute la nuit chez toi.

L'avait-il mal comprise ? Avait-il été narcissique au point de se concentrer sur ses propres réticences, sans se rendre compte qu'elle n'attendait rien de plus de lui ? Peut-être Willa se trompait-elle. Peut-être Cassie ne cherchait-elle pas à se venger, mais simplement à s'amuser. Peut-être la solitude avait-elle été sa seule motivation.

— Tu recherchais seulement du sexe ? demanda-t-il.

Devant son mouvement de recul, il regretta la crudité de ses paroles et s'en voulut de l'avoir insultée.

— Désolé. Je voulais dire…

— Et toi, c'est ce que tu cherches ? Du sexe ?

La façon dont elle le dit fit fondre le cœur de Hunter.

— Non. Non, répéta-t-il plus résolument en écartant une mèche qui lui barrait le visage.

Elle détourna le regard.

Il comprit pourquoi elle avait insisté pour rentrer chez elle. Elle n'avait voulu quitter le confort et la chaleur de sa chambre d'hôtel que parce qu'elle croyait qu'il le souhaitait.

Il l'avait entendue, bien sûr, quand elle avait dit qu'elle aurait voulu qu'ils puissent rester dans les bras l'un de l'autre. Mais il avait beau le désirer tout autant, il avait été incapable de le lui dire. Apprendre qu'elle avait été fiancée à Oliver l'avait déstabilisé. Il voulait croire que Cassie ne se servait pas de lui ; cependant, il ne pouvait ignorer les faits.

— *Je suis désolé*, murmura-t-il en français.

— Qu'est-ce que ça veut dire ?

Il se rendit compte qu'il avait parlé français, comme quand, enfant, il traversait des difficultés et qu'il en faisait part à sa grand-mère. Il traduisit.

Elle hésita un moment avant de demander :

— Que m'as-tu dit, l'autre jour, sur la colline ?

— Tu es la femme plus belle que j'aie jamais vue.

— Je me doutais que cela n'avait pas grand-chose à voir avec la météo, dit-elle en souriant. Merci.

Elle rougit légèrement et regarda par la vitre. Il la rendait nerveuse.

— Tu sais que le fondateur du tissage, Charles Demion, était français ?

Il secoua la tête.

— Il a émigré ici au début du xxᵉ siècle. Il est venu à Shanville parce qu'il avait entendu dire que les mines d'ardoise embauchaient. Mais, en arrivant, il a vu un camion plein de métiers à tisser qui partait à la décharge, alors il a offert dix dollars au chauffeur pour le lot. Et comme le chauffeur se trouvait être le tisserand, il l'a embauché. Demion Mills était né.

Hunter n'avait aucune envie de parler de l'usine. Il n'avait qu'une envie : la prendre dans ses bras et lui faire l'amour. Mais il s'efforça de l'écouter.

— Viens, dit-elle, je voudrais te montrer quelque chose !

Pourquoi pas ? se dit-il. Après tout, il partait en France le lendemain. Et même s'il en avait très envie, il n'était pas sûr de la revoir.

Ils descendirent de voiture et elle l'entraîna à sa suite.

Il la suivit dans la nuit froide. Des restes de neige crissaient sous leurs pieds. Ils marchaient vers les bois. La pleine lune éclairait le chemin.

163

— C'est bizarre, non ? Il y a deux soirs, nous nous baignions nus et ce soir, nous marchons dans la neige.

Au bout de la clairière, elle s'arrêta. Ils se trouvaient sur une colline.

— C'est mon toit du monde à moi, dit-elle.

Ils voyaient les lumières de Shanville en dessous d'eux. Le chemin de fer et l'usine. Et même l'hôtel de Hunter.

— J'ai commencé à venir ici juste après la mort de mes parents. Je me disais que, comme c'était le point le plus haut de la région, cela me rapprochait un peu du ciel.

— Qu'est-ce qui leur est arrivé ? demanda-t-il en l'attirant contre lui.

— Ils ont été tués dans un accident de voiture quand j'avais cinq ans. Ce sont mes grands-parents qui m'ont élevée.

— Tes parents travaillaient tous les deux chez Demion Mills ?

— Oui. Ils se sont connus à l'université. Quand ils ont été diplômés, ma mère a voulu rentrer à Shanville. Ils n'ont trouvé de travail qu'au tissage.

Il lui caressa la joue comme pour essuyer une larme invisible.

— Ils sont allés à quelle université ?

— Celle de l'Etat du Michigan. Comme moi…, avant que ma grand-mère ne tombe malade.

Hunter avala sa salive. Sans vouloir l'admettre, il avait envie de lui poser des questions sur Oliver.

— Cela a dû être difficile d'être loin d'Oliver.

— Non, répondit-elle sans hésiter et en le regardant dans les yeux. J'aurais dû me rendre compte que ce n'était pas tout à fait normal. Au lieu de cela, je me suis dit que c'était parce que nous étions sûrs l'un de l'autre. Je ne sais pas vraiment pourquoi nous sommes restés si longtemps ensemble…

Elle soupira.

— Tout ce que je peux dire, reprit-elle, c'est que comme nous nous connaissions depuis toujours, je n'avais jamais vécu d'autre relation. Mais maintenant que je t'ai rencontré, je ne suis pas sûre d'avoir vraiment aimé Oliver. Ce n'était peut-être que de l'amitié. Ce qui est sûr, c'est que je n'aime pas ce qu'il est devenu. Je ne l'aurais jamais cru capable de cela.

— De quoi ?

— De ruiner l'usine. D'en vendre les restes à quelqu'un qui… enfin…

— Qui envisageait de la fermer, conclut-il pour elle.

— Il l'a pourtant dans le sang, comme nous tous ! Il a passé son enfance ici.

Au ton de sa voix, Hunter se rendit compte qu'elle était furieuse contre Oliver, et il ne put s'empêcher de se demander si elle lui en voulait surtout d'avoir vendu l'usine, ou de l'avoir quittée pour une autre…

Cassie lui prit la main, et il oublia ses doutes. Ils restèrent là un moment à contempler la ville sans parler.

— Viens, finit-elle par dire.

Elle l'entraîna dans la direction opposée à la maison. Il devinait leur destination.

— Nous allons au tissage ?

Elle confirma d'un hochement de tête.

— Je voudrais te montrer quelque chose.

— Tu as une clé sur toi ?

— Nous n'en aurons pas besoin.

Ils avançaient sur un chemin éclairé par la lune qui débouchait dans la rue, juste en face de l'usine.

— Attends-moi ici, lui enjoignit-elle.

— Je ne vais pas te laisser te promener toute seule dans le noir.

— Pourquoi ? Je l'ai fait des centaines de fois. Et puis je ne veux pas te dévoiler mon secret.

— Quel secret ?

En riant, elle lui fit faire le tour du bâtiment pour gagner l'entrée de la cave. Elle tira sur le vieux verrou rouillé.

— Tu entres par effraction ?

— Tu n'as qu'à appeler la police, repartit-elle en souriant.

Il l'aida à ouvrir la porte et s'engouffra à sa suite.

— Beaucoup de gens connaissent cette entrée secrète ?

— Je suis la seule.

Elle alluma la lumière. Ils se trouvaient dans un vieux sous-sol aux murs de brique, entourés de piles et de piles de vieux journaux.

— Ils appartenaient au premier propriétaire, raconta-t-elle. Il gardait tous les journaux qui parlaient de près ou de loin du tissage, et il les entassait au sous-sol. Personne ne les a jamais enlevés.

Ils montèrent au rez-de-chaussée par un vieil escalier en colimaçon. Elle alluma d'autres lumières. Juste devant eux, une série de photos encadrées retraçaient l'histoire du tissage et présentaient ses plus belles réalisations.

Hunter était passé plusieurs fois devant sans y prêter vraiment attention.

— C'est le fauteuil présidentiel officiel sous l'administration Carter.

Il s'approcha pour examiner la photo de plus près. Deux femmes se tenaient derrière le fauteuil et souriaient fièrement.

— La jeune femme juste derrière le fauteuil est ma mère, et à sa droite, ma grand-mère. Elles ont fabriqué le tissu. Mille dollars le mètre.

Comme elle, les deux femmes avaient les cheveux auburn et les yeux verts. Elles ressemblaient plus à deux sœurs qu'à une mère et une fille.

— Ma grand-mère était très fière, ce jour-là. Elle venait d'être nommée maître tisserand.

Hunter l'écoutait, conquis par son enthousiasme.

— Cette matière-là a servi pour le couronnement de la reine Elizabeth II, raconta-t-elle en passant à la photo suivante.

Comme un guide de musée, elle lui fit faire le tour de la galerie en lui expliquant longuement chaque cliché.

166

Quand elle eut fini, elle le regarda en souriant.

— Impressionnant, commenta-t-il.

— Et maintenant, ferme les yeux.

— Quoi ?

— Ferme les yeux.

Elle lui prit la main. Il entendit une porte s'ouvrir et comprit qu'elle allait l'emmener au cœur du tissage.

— Sens, lui enjoignit-elle.

Il obtempéra et respira un parfum doux caractéristique.

— Je l'ai senti le jour de mon arrivée ici. Qu'est-ce que c'est ?

— Le parfum de l'histoire. Des vieilles machines et de la soie fraîche.

Il rouvrit les yeux. Elle le conduisit à un vieux métier.

Elle lui prit la main et la passa sur une étoffe en cours de fabrication.

— Tu reconnais ?

Malgré le motif élaboré et le nombre de fils employés, le tissage très serré formait une soie parfaitement lisse.

— Je devrais ?

— C'est le tissu dont sont faits les rideaux de ta cabine, sur le bateau. Il a fallu une semaine à deux personnes pour le fabriquer.

— Je te promets que je l'apprécierai à mon retour.

— Tu en es capable ?

— Que veux-tu dire par-là ?

Elle n'avait pas besoin de répondre. Il savait ce qu'elle voulait dire. Peut-être n'était-il pas capable de reconnaître la beauté.

Mais elle se trompait. Il admirait le délicat bouton de rose de ses lèvres.

— Ce n'est pas parce que j'ignore comment ont été faits mes rideaux que je ne les apprécie pas.

— La question n'est pas d'apprécier, mais de remarquer. Et je crois que si tu les avais remarqués, tu les aurais encore plus appréciés.

167

Mais tu étais trop occupé à gagner de l'argent pour être sensible à ce genre de détails.

Elle s'interrompit, et jeta un regard autour d'elle, l'air inquiète.

— Beaucoup de gens sont comme cela, reprit-elle. Ils subissent la vie. Ils sont trop occupés à survivre pour vivre vraiment. Voilà pourquoi j'aime tant cet endroit : il me rappelle une époque plus simple, une époque où l'on n'avait pas à rougir de gagner sa vie avec ses mains.

— C'est toujours le cas.

— Tout est une question d'argent. Ce qui ne rapporte pas n'est pas apprécié.

— En un sens, c'est vrai. Mais tu ne peux pas arrêter le progrès, Cassie. Tu ne peux pas remonter le temps.

Elle hésita un instant et fit un sourire triste.

— Malheureusement, non.

Hunter sut alors que Willa se trompait. Ce n'était pas la vengeance qui motivait Cassie. C'était l'amour.

Il était près de 2 heures du matin quand ils rentrèrent chez elle. Pourtant, ils n'avaient pas encore envie de finir cette soirée. Ils firent du feu dans la cheminée et s'assirent côte à côte sur le canapé avec une tasse de chocolat fumant.

Cassie posa la tête sur l'épaule de Hunter. De nouveau, elle fut tentée de lui dire tout haut qu'elle voudrait que ce moment ne prenne jamais fin.

Mais elle avait compris la leçon et elle se tut.

— On est bien, dit-il en lui caressant la joue. Je regrette presque de devoir partir demain.

— Tu rentres aux Bahamas ? demanda-t-elle calmement.

— Non, je vais à Paris.

— Ah, dit-elle, visiblement déçue. Tu seras parti combien de temps ?

Il hésita.

— Ecoute, Cassie…

Elle devinait la suite. Et c'était sa faute. Il avait dû sentir du désespoir dans sa voix et maintenant, il allait lui faire le discours habituel. « Je ne voulais pas que tu te fasses des idées. Je ne t'ai jamais laissé entendre que c'était sérieux entre nous. Nous nous connaissons à peine… »

Pourtant, elle avait lu de la tendresse dans ses yeux, elle avait ressenti de la passion entre ses bras. Elle refusait de voir les sentiments, qu'il avait fait vivre en elle, se taire de nouveau.

Sauf qu'elle n'avait pas le choix. Elle n'avait pas plus de pouvoir sur l'avenir de leur relation que sur celui de l'usine.

Elle posa un doigt sur les lèvres de Hunter.

— Hunter, profitons seulement de cette soirée, d'accord ?

Hélas, c'était trop tard. L'ambiance était gâtée. Elle se redressa un peu et s'écarta. Mais il lui prit le menton et la fit se tourner vers lui.

— Il faut que je te parle du tissage, dit-il.

Bon. Elle allait bien avoir droit à un discours ; elle ne s'était trompée que sur le contenu.

Avait-il changé d'avis et décidé de ne plus leur vendre l'usine ? Etait-ce pour cela qu'il semblait aussi distrait ? Se sentait-il coupable ?

— J'ai décidé de vous donner le brevet.

Elle s'immobilisa et retint son souffle.

— Le brevet de Bodyguard ? finit-elle par demander.

— Oui.

— Mais nous ne pouvons pas faire mieux que notre première offre…

— Je me moque de l'argent.

— C'est vrai ?

— Oui. En revanche, je tiens à toi et je ne peux pas te regarder t'engager dans une situation vouée à l'échec sans rien faire. C'est pourquoi je vais t'apporter le soutien financier nécessaire à la mise sur le marché de Bodyguard. J'ai nommé une équipe de marketing pour vous aider.

C'était mieux que tout ce qu'elle aurait pu espérer.

— Merci, dit-elle en le serrant dans ses bras.

Mais il ne répondit pas. Il s'écarta et fit un sourire triste.

— Il va quand même vous falloir beaucoup de chance.

Soudain, elle ne pensait plus qu'à lui. Elle ne voulait pas lui dire au revoir. Ni maintenant ni jamais.

— Cela dit, j'ai encore une requête, dit-il.

Il y avait donc un piège ?

— Laquelle ?

— Viens avec moi à Paris.

— A Paris ?

Elle avait toujours rêvé de visiter la Ville lumière.

— J'ai à faire dans une ville voisine, mais cela ne me prendra pas longtemps.

— Je ne sais pas quoi dire…

— Alors dis oui. Une semaine. Dans une semaine, tu seras de retour.

Ce n'était pas tant Paris qui l'attirait que la perspective de passer toute une semaine avec Hunter.

— Alors ?

Elle plongea les yeux dans les siens. Ils étaient tendres et doux. Ce n'étaient pas ceux d'un requin des affaires, mais ceux d'un homme prêt à écouter. C'étaient les yeux de l'homme qu'elle aimait.

Rien ne garantissait que leur relation dure, ni que Cassie ne rentrerait pas de Paris le cœur brisé. Mais cela lui semblait sans importance.

— A quelle heure partons-nous ?

14.

Les doigts agiles de Cassie couraient sur le métier à tisser. Elle regarda autour d'elle. Une joyeuse activité régnait dans l'atelier. Cela faisait longtemps qu'elle n'avait pas vu ses collègues aussi heureux. C'était comme si un nuage noir s'était dissipé.

Alors pourquoi ne sautait-elle pas de joie ? Elle avait toutes les raisons de le faire. Le tissage était sauvé. Ils avaient récupéré le brevet. Elle s'était réveillée dans les bras de l'homme dont elle était désespérément amoureuse et avec lui, elle partait à Paris ce soir.

— Quand rentres-tu ? s'enquit Luanne.

— Dans une semaine.

— Prends tout ton temps, dit Ruby.

— Tu le mérites bien !

Cassie s'efforça de sourire. Qu'est-ce qu'elle avait, enfin ?

Pourquoi se sentait-elle si vulnérable, comme si tout risquait de s'effondrer autour d'elle ?

Parce que Hunter ne lui avait pas dit « Je t'aime » ?

Pourquoi l'aurait-il dit ? Ils se connaissaient depuis si peu de temps…

Hélas, ce n'était pas si simple. Elle pressentait que son amour pour lui ne serait jamais réciproque.

Car malgré ses origines modestes, Hunter plaçait les richesses matérielles au-dessus de tout. Il était un produit du monde qu'il contribuait à entretenir, un monde des affaires qui vivait à cent à l'heure et où les rapports humains ne passaient qu'après les contacts professionnels.

Elle se rendit soudain compte que le silence s'était fait.

— Cassie ? dit une voix féminine qu'elle reconnut aussitôt et qui la fit frémir.

Elle se retourna. Willa se tenait derrière elle.

— Je peux vous parler un instant ?

— Elle est occupée, intervint Luanne.

— Ça va aller, assura Cassie en souriant à ses amies.

Elles cherchaient à la protéger, mais elle pouvait se débrouiller. Elle suivit Willa dans le hall désert.

— Je vais bientôt partir, dit cette dernière après avoir refermé la porte. Mais avant, je tenais à vous féliciter.

Cela cachait quelque chose, songea Cassie. Que mijotait-elle, encore ?

— Merci, répondit-elle malgré tout.

— J'espère que vous ne m'en voulez pas, demanda Willa.

— Pas du tout.

— Tant mieux. C'est vous qui avez pris cette photo, n'est-ce pas ? demanda-t-elle en désignant un cliché.

Il s'agissait d'un gros plan en noir et blanc de fils réunis en queue-de-cheval sur un métier Jacquard. Elle l'avait réalisé quand elle était encore à l'université. Sa grand-mère l'avait montré au directeur qui avait insisté pour le faire encadrer et l'accrocher au mur.

— Oui.

— Vous êtes vraiment douée. C'est dommage que vous n'ayez pas eu l'occasion de persévérer dans la photo.

— Je suis heureuse de travailler ici.

— C'est ce que vous dites. N'empêche qu'il est regrettable de savoir que votre talent n'aura jamais l'occasion de s'exprimer. Avec vos nouvelles responsabilités, vous n'aurez plus le temps de rien faire d'autre.

— Où voulez-vous en venir, Willa ? Il faut que j'y aille.

— Exact. Vous avez un avion à prendre, n'est-ce pas ?

Cassie lui jeta un regard noir.

— Je voulais vous féliciter pour cela aussi. Un voyage avec M. Hunter Axon ! C'est très impressionnant. Et une liaison avec un homme comme lui. Quelle belle pièce à votre tableau de chasse.

— Au revoir, Willa.

— Bien sûr, ce ne sera jamais autre chose qu'une liaison.

Si Cassie ne s'était pas dit la même chose, elle aurait sans doute été capable de s'en aller sans répondre. Mais comme Willa semblait lire dans son esprit puisqu'elle exprimait ses craintes à haute voix, elle hésita.

— Vous savez pourquoi il va en France, n'est-ce pas Cassie ? l'interrogea cette dernière.

— Pour affaires.

— Exactement. Des affaires qui vont vous plaire, jugez plutôt : Hunter rachète une propriété viticole en faillite dans un petit village. Des familles de ce village y travaillent depuis des générations. Nous allons l'avoir pour une bouchée de pain. Vous voyez, la famille n'a pas envie de vendre, mais elle n'a pas le choix. Elle est trop endettée. Alors Hunter va licencier le personnel et faire faire le vin par la coopérative en attendant que le terrain prenne assez de valeur pour réaliser une opération immobilière lucrative.

Cassie ne dit rien.

— Ces gens qui travaillaient là depuis des années vont avoir du mal à retrouver du travail, précisa-t-elle.

— Pourquoi me dites-vous cela, Willa ?

— Je ne fais que vous montrer l'évidence. Je connais Hunter depuis des années.

Cassie en avait entendu plus qu'elle ne pouvait en supporter. Elle ouvrit la porte.

— Cela ne marchera jamais, conclut Willa. Et vous le savez. Vous ne faites que reporter l'inévitable. Et franchement, vous avez bien trop à faire pour vous laisser distraire. De femme à femme, je me permets de vous dire que la dernière chose dont vous ayez besoin, c'est d'un second chagrin d'amour.

— Je vous ai dit au revoir.

— Ah… Je voulais aussi vous dire que si vous vous sentez seule, vous voudrez peut-être appeler Oliver. J'ai rompu avec lui et il ne va pas très bien, le pauvre.

— Quel dommage ! s'exclama Cassie en quittant la pièce à la hâte. Vous aviez l'air d'aller si bien ensemble.

Quand elle entra dans l'atelier, elle eut un moment de stupéfaction. Le travail s'était arrêté et tout le monde la regardait.

— Ça va, ma chérie ? s'inquiéta Luanne.

Non, cela n'allait pas. En une fraction de seconde, son monde avait basculé. Ses espoirs avaient sombré.

Hunter allait en France pour fermer une autre société. Pour mettre en péril d'autres vies. Et pour quoi ? Pour gagner de l'argent. Comme s'il n'en avait pas assez.

Allons, qu'avait-elle cru ? Qu'elle l'avait changé ? Que le peu de temps qu'ils avaient passé ensemble lui avait fait comprendre ses erreurs ?

— Tu devrais t'asseoir, suggéra Mabel.

Cassie l'entendit à peine. Comment Hunter pouvait-il faire une chose pareille ? Comment un homme souvent si doux et attentionné pouvait-il par moments avoir aussi peu de cœur ? C'était incompréhensible.

Elle tenait énormément à lui. Malgré cela, pourrait-elle être avec un homme qui en faisait souffrir tant d'autres ?

De tout façon, sa question n'était vraisemblablement qu'une hypothèse d'école.

Les actes en disaient plus long que les paroles, selon sa grand-mère. Eh bien les actes de Hunter étaient on ne peut plus clairs. Rien n'avait changé. Il était toujours l'homme qui avait menacé sa communauté. L'homme qui ne vivait que pour l'argent.

L'homme qui ne l'aimerait jamais.

Elle avait du mal à l'admettre, mais Willa avait raison. Cassie avait trop à faire pour se laisser distraire par une aventure. Même si elle s'accompagnait d'une usine, d'un voyage à Paris, et d'un plan marketing.

Hunter finit de relire le contrat qui établissait les détails de la vente de Demion Mills aux ouvriers, et précisait que son équipe aiderait au marketing de Bodyguard.

C'était la première fois qu'il rendait une société qu'il avait acquise. Au fond, il était agréable d'aider une communauté. De voir les gens le remercier plutôt que maudire son nom.

Pour la première fois depuis des années, il était heureux.

C'était un sentiment si étrange qu'il ne savait comment réagir.

Bien entendu, la vente de l'usine n'était pas la seule cause de ce bonheur. Non, il se résumait en un mot : Cassie.

Dès leur rencontre, il avait compris que ce ne serait pas une aventure comme les autres. Elle l'ensorcelait. Il avait peine à croire que cette femme si séduisante, et qui lui donnait du plaisir comme personne ne lui en avait jamais donné, fût aussi d'une grande innocence.

Et elle ne l'attirait pas uniquement sur le plan sexuel. C'était la femme la plus pure et la plus loyale qui soit. Elle ne semblait pas impressionnée par les biens matériels mais attachait de l'importance à ces choses dont Hunter avait presque oublié l'existence, les petits détails de tous les jours qui rendaient la vie plus belle. Que ce soit pour admirer un coucher de soleil ou un beau tissu, elle l'incitait à ralentir, à prêter attention au monde.

Sa décision de l'inviter à Paris avait été aussi spontanée qu'inévitable. En général, il n'aimait pas emmener de femmes en voyage d'affaires. Elles le distrayaient alors qu'il avait besoin de se concentrer. Avec Cassie, c'était différent. C'était le travail qui devenait une distraction importune. Il aurait préféré passer tout son temps avec elle. Il ne voulait pas être séparé d'elle. Jamais.

Il fut tiré de ses pensées par quelqu'un qui frappa à la porte. Il leva la tête et sourit en voyant Cassie.

— J'allais venir te voir. Je viens d'avoir l'agence de voyage. Nous avons une chambre dans un vieil hôtel de la vallée de la Loire. La propriété viticole que j'achète n'est pas loin. Tu auras deux ou trois jours pour faire du tourisme mais je serai rentré pour dîner tous les soirs. Et ensuite, je t'emmènerai à Paris. Je te montrerai tout ce que tu auras envie de voir.

Quelque chose clochait. Les yeux de Cassie, d'ordinaires si brillants et pleins de vie semblaient voilés par le désespoir.

— Qu'est-ce qui ne va pas ? demanda-t-il, inquiet.

— Je ne peux pas aller à Paris.

— Mais pourquoi ?

— J'ai des responsabilités ici qui ne peuvent pas attendre.

— Cassie, fit-il valoir patiemment, la vente de l'usine ne sera pas officielle avant deux semaines. Et mon équipe de marketing n'arrive que la semaine prochaine. Tu seras de retour largement à temps.

— Si je ne viens pas, ce n'est pas à cause du tissage.

— Pourquoi, alors ? demanda-t-il glacé par la peur.

— Pourquoi ne m'as-tu pas dit que tu allais en France pour racheter une société ?

Il ressentit une pointe de culpabilité. Mais pourquoi ? Il n'avait pas honte de ce qu'il faisait. Si ?

— Je ne pensais pas que cela changerait quoi que ce soit.

Elle secoua la tête.

— Tu n'as pas le droit d'acheter des sociétés et de mettre les employés au chômage.

— Ce n'est pas aussi simple. J'ai construit trois usines toutes neuves en Chine qui emploient des centaines de gens. Des gens qui ont besoin de gagner de l'argent.

— Mais cela ne change rien pour les gens à qui tu as pris leur travail !

— Tout le monde ne vit pas à Shanville, Cassie. Dans certains cas, les employés sont ravis de recevoir des indemnités de licenciement.

Mécaniquement, il lui présentait les arguments dont il se servait pour apaiser son propre sentiment de culpabilité.

— Ce sont des sociétés qui sont au bord de la faillite.

— N'empêche que tu mets les gens au chômage. Tu fermes des entreprises familiales transmises de père en fils depuis des générations. Tu profites du malheur des autres pour gagner de l'argent !

Il se sentit envahi par une grande douleur.

— C'est ce que tu penses de moi ? Tu me prends pour une espèce de… de monstre ?

— Non. Ce n'est pas l'homme que je vois. Mais…

Elle se tut.

— Ces entreprises familiales que je reprends sont au bord du gouffre. Je sauve ce qui reste et je les rends de nouveau bénéficiaires.

— Pour qui ? Pas pour les familles qui leur ont consacré leur vie. Je suis désolée, Hunter, mais tu ne peux t'en féliciter que si tu places l'argent au-dessus de tout le reste.

Que se passait-il ? Elle rompait avec lui parce qu'elle n'aimait pas le travail qu'il faisait ?

Il avait l'impression que c'était plus profond que cela. Aussi douloureux que ce fût, il avait besoin de savoir.

— Ne te sers pas de mon métier comme excuse. Si tu me reproches quelque chose, j'espère que tu m'en parleras avant de prendre une décision.

— Parler ne changera rien. Tu es qui tu es.

Ses griefs étaient donc personnels et non professionnels.

— Je vois, parvint-il à articuler. Et tu as pris ta décision ?

Elle hocha la tête et tourna les talons.

— Cassie…

Elle s'arrêta, mais que pouvait-il dire ? Comment l'empêcher de partir quand elle avait raison ? Il ne la méritait pas. Il ne l'avait jamais méritée.

— Ton contrat, fit-il en lui tendant les papiers.

Elle revint vers lui. Quand elle prit le contrat, leurs mains se frôlèrent. Il fut repris par le désir de dire quelque chose qui puisse la faire changer d'avis, mais quoi ?

Ce fut elle qui parla.

— Je te suis très reconnaissante de tout ce que tu as fait pour moi.

— Bonne chance, Cassie.

Voilà. C'était terminé. C'était ce qui serait arrivé tôt ou tard, non ? Alors autant en finir tout de suite. Sans attendre. Elle avait raison, tenta-t-il de se convaincre.

Quand elle le regarda, il vit qu'elle avait les yeux pleins de larmes. Elle ôta son collier.

— Je voudrais que tu le gardes, dit-elle en le lui offrant.

— Non. Je ne peux pas accepter.

— Il n'a aucune valeur, mais j'y tiens beaucoup, précisa-t-elle en le posant sur son bureau. Je ne t'oublierai jamais.

15.

Cassie resta à son métier à tisser après le départ de tous les autres employés. Elle était seule.

Il se faisait tard. Elle savait qu'elle devrait partir aussi. Mais elle n'était pas pressée de rentrer chez elle, là où, ce matin encore, Hunter et elle avaient fait l'amour. Elle savait que dès qu'elle franchirait le seuil, elle serait submergée par les émotions qu'elle s'était efforcée de réprimer.

Elle ferma les yeux. Une énième fois, elle se posa la question qui l'avait hantée toute la journée. Avait-elle eu raison de faire ce qu'elle avait fait ?

Ou venait-elle de faire la plus grosse erreur de sa vie ?

Ce qui était sûr, c'était qu'elle n'avait jamais rencontré un homme comme Hunter avant, et qu'elle n'en rencontrerait plus jamais.

Quand elle fermait les yeux, elle sentait encore ses caresses. Il l'avait fait se sentir exceptionnelle, désirée.

Elle alla à la fenêtre et regarda les étoiles. Hunter était à des centaines de kilomètres. A cette heure-ci, son avion devait être en train d'atterrir en France. Regrettait-il la fin de leur relation ou attendait-il la prochaine avec impatience ?

Elle ne le saurait jamais. Sans doute n'aurait-elle plus jamais l'occasion de lui parler.

*
**

Hunter était à l'aéroport depuis près de deux heures. Pour une fois, il était presque content de ce retard. Il n'était pas pressé de quitter Shanville.

De quitter Cassie.

Cela ne faisait que quelques heures qu'il ne l'avait pas vue mais ces heures lui paraissaient des siècles. Il s'était creusé les méninges pour trouver une solution. A l'en croire, il faudrait qu'il renonce à sa société et se consacre à une profession plus humanitaire.

Il ressortit son collier de sa poche.

Il savait qu'il finirait par le rendre à Cassie, mais pas tout de suite. Il ne supportait pas de se séparer de ce dernier souvenir d'elle.

— Je viens d'avoir le pilote, annonça Willa. Vous devriez décoller d'un instant à l'autre. Je dois dire que je suis heureuse de partir, moi aussi, ajouta-t-elle en s'asseyant. Plus tôt j'oublierai Oliver, mieux cela vaudra.

— Désolé que cela n'ait pas marché entre vous.

— Pas moi, repartit-elle en haussant les épaules. Il n'était pas fait pour moi.

— Surtout depuis qu'il a perdu son emploi de directeur technique de l'usine chinoise, j'imagine. Mais, dites-moi, vous ne vous demandez pas où est Cassie ?

— Ah, c'est vrai. Cassie. Elle devait vous rejoindre, non ?

Hunter la regarda en plissant les yeux. Il l'avait soupçonnée d'être la cause du brusque changement d'avis de Cassie. Sa réaction le lui confirmait.

— Oh, vous avez des problèmes, tous les deux ?

— On peut dire cela, répondit-il calmement.

— Enfin, cela vaut sans doute mieux ainsi. La place de Cassie est ici, avec ses semblables.

— Avec ses semblables ? répéta-t-il en pâlissant de colère.

— Oui, les gens de son milieu.

— Je vois.

— C'est l'heure que je parte, annonça-t-elle en consultant sa montre. Nous devrions peut-être y aller.

— Que lui avez-vous dit ? demanda-t-il, glacial.

— Pardon ?

— Qu'avez-vous dit à Cassie ?

— Quelle importance ? Je trouve déjà très généreux de votre part de lui donner l'usine. Sincèrement. Cela dit, que faudra-t-il que vous fassiez, ensuite, pour continuer de lui faire plaisir ? Chaque fois qu'elle s'indignera du sort de pauvres gens bientôt au chômage, que ferez-vous ? Soyons honnêtes, vous n'êtes pas vraiment philanthrope.

Non, en effet. Ce qui ne signifiait pas qu'il n'était pas capable de le devenir.

Il se rappela soudain le visage des ouvriers quand il leur annonçait que leur usine allait fermer. Certes, ce changement était parfois le bienvenu. Mais le plus souvent, il provoquait des larmes et du désespoir. Jusque-là, il avait fait tout son possible pour ne pas y penser. Il s'était dit et répété que, en réalité, il leur rendait service. Mais qui était dupe ?

Il songea à son père. Toute son enfance, il l'avait entendu raconter comment il avait perdu son emploi. Un événement qu'il n'avait pas franchement vécu comme une opportunité.

Comment était-ce arrivé ? se demanda-t-il soudain en regardant ses mains. Quand s'était-il transformé en l'un de ces hommes qu'il détestait ?

— On y va ? suggéra-t-elle en lui prenant le bras

Ce contact lui fit horreur. Brusquement, il voyait Willa telle qu'elle était : une femme étroite d'esprit, vindicative, méchante. Il dégagea son bras.

— Quelles chances pensez-vous que les ouvriers de Demion Mills aient de réussir ? lui demanda-t-il.

— L'équipe de marketing va bien les aider, c'est sûr. Mais franchement, je trouve que c'est de l'argent gâché. Les salaires sont si élevés qu'ils vont devoir vendre leurs produits beaucoup trop cher.

Personne ne pourra les acheter ! Ils sont fous, tous autant qu'ils sont, et ils vont le payer le prix fort.

Une fois de plus, Hunter glissa la main dans sa poche et serra désespérément le collier de Cassie.

Une idée lui vint. Et s'il soutenait Demion Mills financièrement en attendant que la société commence à faire des bénéfices ? Et s'il proposait aussi ce service à d'autres entreprises ? imagina-t-il le cœur battant.

Ce fut comme si les nuages se dissipaient d'un coup. Il vit l'avenir qu'il pouvait se construire. Au lieu d'acheter des sociétés en difficulté, il pourrait se servir de son expertise pour les redresser.

Cela nécessiterait un engagement considérable de sa part. Il faudrait qu'il quitte l'entreprise qu'il avait créée à partir de rien.

Mais une seule chose était claire : rien ne comptait plus que Cassie.

Il se leva, prit son porte-documents et se dirigea vers la porte.

— Hunter ! appela Willa. Où allez-vous ? Le tarmac est de l'autre côté.

Il revint jusqu'à elle et s'arrêta.

— Vous estimez que les indemnités de licenciement que nous proposions aux ouvriers de Demion Mills étaient justes ?

— Oui, bien sûr, c'est moi qui les avais calculées.

— Tant mieux, parce que c'est ce que vous allez recevoir. Je vais demander à la comptabilité de vous préparer votre solde de tout compte. En attendant, l'avion vous conduira où vous voulez.

Elle recula, stupéfaite.

— Vous me renvoyez ?

— Comme vous le disiez régulièrement aux employés licenciés, ne voyez pas cela comme un drame, mais comme une occasion de rebondir. Au revoir, Willa.

16.

Cassie ferma les yeux et ôta ses doigts du métier pour faire une pause. Il était près de minuit. Malgré sa fatigue, elle n'avait pu se résoudre à quitter le tissage.

— Cassie ?

Elle rouvrit les yeux. Hunter se tenait à la porte.

Elle resta muette de surprise.

— Je peux te parler ? demanda-t-il.

Il paraissait exténué. Encore en costume, il avait desserré sa cravate et déboutonné le col de sa chemise froissée. Il avait les cheveux en bataille et les yeux cernés.

— Qu'est-ce que tu fais là ? Je te croyais en France.

— Je n'y vais pas.

— Mais… pourquoi ?

— Tu avais raison, reconnut-il en s'approchant d'elle. Je suis ce que je suis, et mon métier ne me permet pas d'être très philanthrope.

— Je suis désolée d'avoir dit cela.

— Non, je ne suis pas venu te demander des excuses. Je suis venu t'expliquer que ma société n'est pas devenue ce que j'avais prévu à l'origine. J'ai toujours aimé les défis. L'idée de m'occuper d'entreprises en difficulté, et de les redresser, m'attirait. Je m'efforçais de faire abstraction du fait que des gens perdaient leur emploi, que des économies locales entières étaient ruinées. Je me disais que ces entreprises étaient près de couler et que si je ne les reprenais pas, ces gens se retrouveraient au chômage de toute façon.

— C'est sans doute vrai.

— Mais ce que je fais n'est pas bien pour autant. Et cela ne m'excuse pas.

Elle le regarda, le cœur battant.

— Que cherches-tu à me dire ?

— Qu'il est temps que je change de carrière.

— Que tu changes de carrière ?

— Au lieu de me spécialiser dans les reprises, je me dis que je pourrais employer mon énergie et mes compétences à aider les entreprises en difficulté à redresser la barre.

Elle n'en croyait pas ses oreilles.

— Comme tu aides Demion Mills ?

— Exactement.

Il arrêta le métier et passa les doigts entre les fils.

— C'est ce que tu es revenu me dire ? voulut-elle savoir.

Il fit un autre pas vers elle. Ils étaient si près que leurs lèvres se touchaient presque.

— Pas seulement, dit-il les yeux brillants en prenant ses mains dans les siennes. Je suis tombé amoureux de toi.

Il était tombé amoureux d'elle. Il l'aimait.

Sous le choc, elle ferma les yeux.

— Si tu me donnes une chance, j'aimerais essayer de devenir meilleur.

Elle devait rêver. Oui, c'était cela. Elle s'était endormie sur son métier. Elle allait se réveiller dans une pièce vide et froide.

— Laisse-moi te prouver que je suis digne de ton amour, la pria-t-il.

Elle rouvrit les yeux et le regarda, incapable de dire un mot. Il lui lâcha les mains et sortit le collier de sa poche.

Quand il le lui remit, ses doigts frôlèrent sa nuque.

— J'ai une chance ? lui murmura-t-il à l'oreille.

Elle se retourna vers lui et se rappela ce que disait sa grand-mère. Les actes en disaient plus long que les paroles.

Alors elle l'embrassa.

Épilogue

C'était l'inauguration de la Shanville Gallery, une association à but non lucratif destinée à aider les artistes locaux. A en juger par la foule qui se pressait dans le petit bâtiment rénové du centre-ville, c'était une belle réussite.

Grâce aux relations de son mari, Cassie avait attiré des stars locales — mais aussi venues de plus loin — ainsi que des hommes politiques.

Cependant, à l'image de la ville, la réception était sans prétention. En tenue décontractée, les invités dégustaient un buffet composé des spécialités du petit restaurant du coin : pain de viande et gratin de macaronis.

Cassie avisa son mari à l'autre bout de la salle. Ils étaient mariés depuis trois ans. Pourtant, quand elle le voyait, son cœur faisait un bond dans sa poitrine comme au premier jour. Il se tenait dans l'encadrement de la porte et sourit quand leurs regards se croisèrent.

Après leur mariage, Hunter s'était installé chez Cassie et ensemble, ils avaient créé une fondation destinée à aider les affaires familiales en péril.

Depuis trois ans, Hunter était donc devenu un élément vital de Shanville et de Demion Mills. Il n'avait pas semblé souffrir de quitter son image d'homme d'affaires et ses jouets de luxe pour adopter le style de vie simple d'une petite ville.

Il affirmait avoir prévu cette transition depuis longtemps. Selon lui, il ne lui avait manqué que la femme qu'il fallait pour la mener à bien.

Ils se rapprochèrent, comme aimantés.

— Je suis si fier de toi, dit-il en l'embrassant.

— Pourquoi ?

— Tu t'es donné un mal fou pour cette inauguration.

— Nous. Nous nous sommes donné du mal tous les deux.

Depuis plusieurs mois, ils se retrouvaient à la galerie après le travail pour faire eux-mêmes une grande partie des travaux de rénovation. Hunter s'était révélé excellent bricoleur, et même capable de reproduire les sculptures sur bois présentes dans tant de maisons anciennes. Certaines de ses amies s'étaient étonnées qu'un milliardaire soit prêt à se livrer à un travail physique, mais pas Cassie.

Elle lui lança un regard plein d'admiration et se pressa contre lui.

— A partir d'aujourd'hui, chuchota-t-elle, je serai la plus gentille des femmes !

— Tu l'étais déjà, répondit-il en riant, mais qu'est-ce qui me vaut cet honneur ?

— C'est qu'aujourd'hui, mes trois vœux se sont réalisés

Il la regarda, l'air intrigué.

— Voyons…, commença-t-il en comptant sur ses doigts. Sauver Demion Mills en numéro un.

— Non, en numéro deux. Le numéro un, c'était toi.

— Et la galerie en trois ?

— J'avais envie de cette galerie, mais ce n'était pas un vœu.

Il ouvrit de grands yeux quand elle se toucha le ventre. C'était le troisième vœu. Ils allaient former une famille.

Hunter poussa un cri de joie, la souleva et la fit tournoyer, tout en l'embrassant avec fougue.

Le soleil était entré dans sa vie depuis qu'il avait rencontré Cassie, et il se le promit, jamais il ne le laisserait se coucher.

Le nouveau visage
de la collection Or

◆

AMOURS D'AUJOURD'HUI

Afin de mieux exprimer sa modernité et de vous séduire encore davantage, votre collection Or a changé de couverture et de nom depuis le 1er mars 1995.

Rassurez-vous, les romans, eux, ne changent pas, et vous pourrez retrouver dans la collection **Amours d'Aujourd'hui** tous vos auteurs préférés.

Comme chaque mois, en effet, vous y attendent des héros d'aujourd'hui, aux prises avec des passions fortes et des situations difficiles...

COLLECTION
AMOURS D'AUJOURD'HUI :
Quand l'amour guérit des blessures de la vie...

Chère lectrice,

Vous nous êtes fidèle depuis longtemps?
Vous venez de faire notre connaissance?

C'est pour votre plaisir que nous avons
imaginé un rendez-vous chaque mois
avec vos auteurs préférés, vos
AUTEURS VEDETTE dans les
collections Azur et Horizon.

Les **AUTEURS VEDETTE** vous
donneront rendez-vous pour de
nouveaux livres vedette.

Pour les reconnaître, cherchez
l'étoile... Elle vous guidera!

Éditions Harlequin

HARLEQUIN

LE FORUM DES LECTEURS ET LECTRICES

CHERS(ES) LECTEURS ET LECTRICES,

VOUS NOUS ETES FIDÈLES DEPUIS LONGTEMPS?

VOUS VENEZ DE FAIRE NOTRE CONNAISSANCE?

SI VOUS AVEZ DES COMMENTAIRES, DES CRITIQUES À
FORMULER, DES SUGGESTIONS À OFFRIR, N'HÉSITEZ
PAS… ÉCRIVEZ-NOUS À:
LES ENTREPRISES HARLEQUIN LTÉE.
498 RUE ODILE
FABREVILLE, LAVAL, QUÉBEC.
H7R 5X1

C'EST AVEC VOS PRÉCIEUX COMMENTAIRES QUE NOUS
ALLONS POUVOIR MIEUX VOUS SERVIR.

DE PLUS, SI VOUS DÉSIREZ RECEVOIR UNE OU
PLUSIEURS DE VOS SÉRIES HARLEQUIN PRÉFÉRÉE(S)
À VOTRE DOMICILE, NE TARDEZ PAS À CONTACTER LE
SERVICE D'ABONNEMENT; EN APPELANT AU
(514) 875-4444 (RÉGION DE MONTRÉAL) OU 1-800-667-4444
(EXTÉRIEUR DE MONTRÉAL) OU TÉLÉCOPIEUR
(514) 523-4444 OU COURRIER ELECTRONIQUE:
AQCOURRIER@ABONNEMENT.QC.CA OU EN ÉCRIVANT À:
ABONNEMENT QUÉBEC
525 RUE LOUIS-PASTEUR
BOUCHERVILLE, QUÉBEC
J4B 8E7

MERCI, À L'AVANCE, DE VOTRE COOPÉRATION.

BONNE LECTURE.

HARLEQUIN.

VOTRE PASSEPORT POUR LE MONDE DE L'AMOUR.

<u>COLLECTION</u>
<u>HORIZON</u>

Des histoires d'amour romantiques qui vous mènent au bout du monde!

Découvrez la passion et les vives émotions qu'apportent à la Collection Horizon des auteurs de renommée internationale!

Captivantes, voire irrésistibles, ces histoires d'amour vous iront assurément droit au coeur.

Surveillez nos trois nouveaux titres chaque mois!

(France métropolitaine uniquement)

Par téléphone 08.92.68.41.01

0,34 € la minute (Serveur JET MULTIMÉDIA).

Composé et édité par les
éditions Harlequin
Achevé d'imprimer en janvier 2006

BUSSIÈRE
GROUPE CPI

à Saint-Amand-Montrond (Cher)
Dépôt légal : février 2006
N° d'imprimeur : 53053 — N° d'éditeur : 11883